武士道と騎士道

サムエル・フォール卿
（海軍少尉1942年2月）

工藤俊作中佐（1935年元旦、軽巡「球磨」水雷長大尉当

戦後、かつての交戦国で我が国に対し、批判や中傷が相次いだ。ところが、サムエル・フォール卿は、戦時中、帝国海軍駆逐艦「雷」艦長工藤俊作中佐が行った行為を称賛し、「武士道」として米英、東南アジアで紹介した。これは我が国の名誉回復に多大に貢献したのである。フォール卿のこの勇気もまた、騎士道に基づくものであった。

1925年8月、摂政宮（後の昭和天皇）の前で柔道の審判をつとめる工藤少尉。戦艦「長門」艦上にて

1940年6月、第13期短期現役軍医科講習の主任指導官をつとめる
（最前列中央　少佐の頃）

1942年8月、アリューシャン作戦を終えて横須賀に帰投中の「雷」乗組士官の面々。
（艦長は二列中央、その左側は水雷長、右側は機関長）

NF文庫
ノンフィクション

海の武士道
敵兵を救った駆逐艦「雷」艦長

惠隆之介

潮書房光人新社

掌水雷長齋藤勇中尉（戦死後昇任）。「雷」最期の出撃直前家族と写す

谷川清澄元少佐、「雷」航海長の頃（当時海軍中尉）

艦長伝令をつとめた佐々木確治一等水兵

浅野市郎先任将校兼水雷長（少佐当時）

掌機長海軍中尉 吉田勝治（戦死後昇任）

中野武治兵曹長（戦死後昇任）

砲術長田上俊三元大尉（「雷」乗務時は中尉）

1水雷戦隊第6駆逐隊所属駆逐艦「雷」
「特型」と呼ばれ、このタイプでは世界最高水準の性能と武装を有していた）

英重巡洋艦「エクゼター」（英戦艦「プリンス・オブ・ウエルズ」「レパルス」なき後、英国極東艦隊の旗艦として、英海軍将兵の最後の期待を担った艦）

英駆逐艦「エンカウンター」

救難の様子は
カメラに
収められていた

1942年3月2日、「雷」に救助を求めて殺到する
英海軍将兵(「雷」後方右舷より撮影)

漂流英海軍将兵発見直後撮影

救助され安堵する英海軍兵士。「雷」甲板上にて
(救助の際使用した竹竿2本が中央に見える)

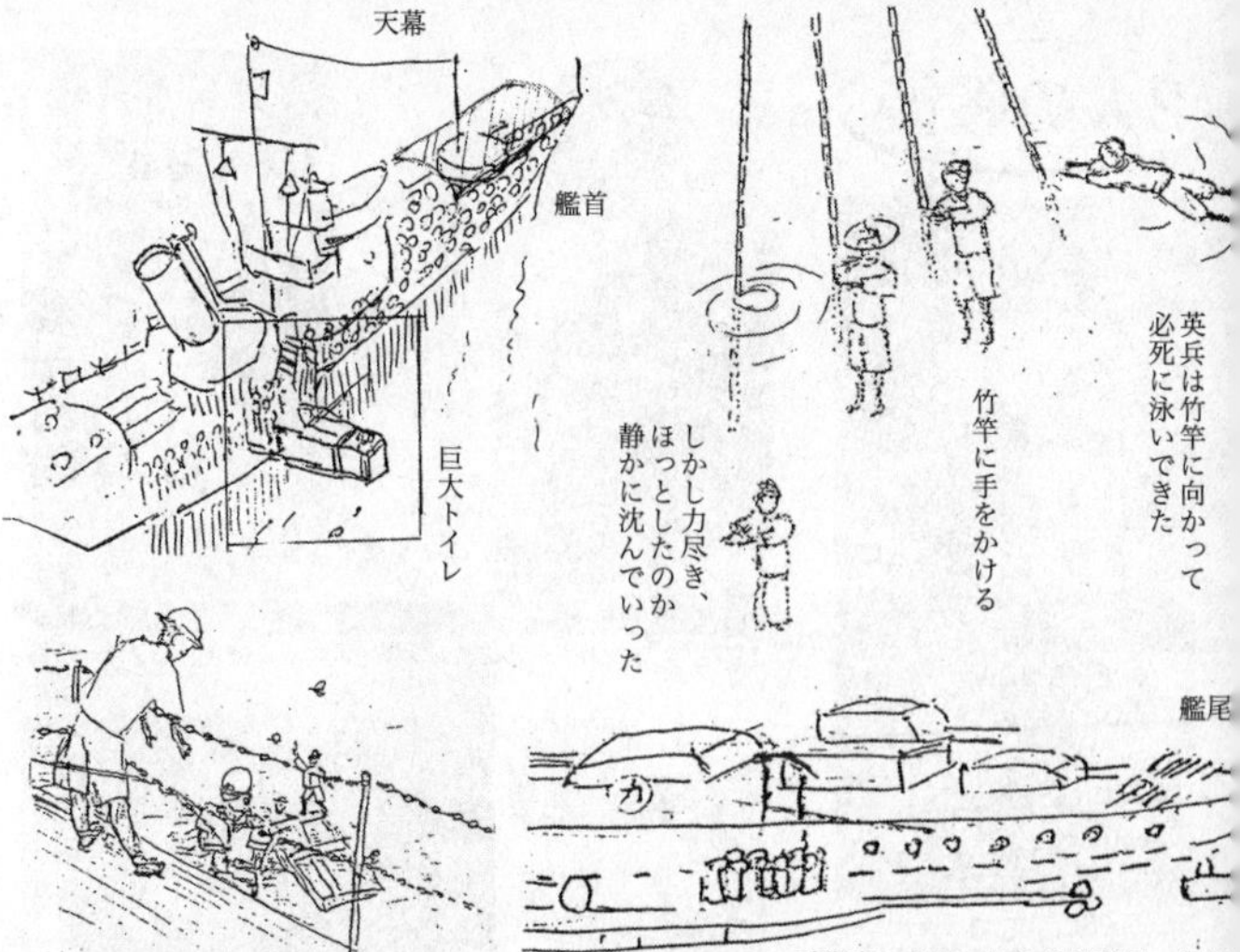
天幕
艦首
巨大トイレ
しかし力尽き、ほっとしたのか静かに沈んでいった
竹竿に手をかける
英兵は竹竿に向かって必死に泳いできた
艦尾

「エクゼター」艦長ゴードン大佐を救助する

重傷者の救助には魚雷搭載用の艦尾クレーンが使われた

1942年3月2日、ジャワ海に於ける敵将兵救助の模様を、艦長伝令佐々木確治元一等水兵が戦後、当時を回想してスケッチに残したもの

1942年3月3日、「雷」よりオランダ病院船に移乗する英海軍将兵

2人の戦後

1960年頃、埼玉県川口市
自宅の庭でくつろぐ工藤

1972年、シンガポールにてエリザベス女王に謁見するフォール卿

1969年1月、クウェート大使就任信任式

工藤俊作海軍中佐の墓前に参じる
サムエル・フォール卿
(2008年12月7日、埼玉・川口市薬林寺)

「あの時、工藤中佐に助けられなかったら、私はこの世にいなかった」

(2008年12月7日、薬林寺にて発言)

工藤俊作中佐 顕彰式典(2008年12月8日、東京)

まえがき

今年12月7日、元英国海軍大尉、元英国政府外交官サムエル・フォール卿（89歳）は、埼玉県川口市在、薬林寺境内にある海軍中佐工藤俊作の墓前に車椅子で参拝し、66年9カ月ぶりに積年の再会を果たした。

卿はこの直後の記者会見で、戦争中、駆逐艦「雷」に救助され厚遇された思い出を、「豪華客船でクルージングしているようであった」と語り、工藤中佐に墓前で「Thank you!」と感謝したことを披露した。

ところでフォール卿は心臓病を患っており、今回の来日は心身ともに限界に近かった。これを実現させたのは、何としても生きているうちに墓前に参じたいという本人の強い意志と、ご家族の支援があったからである。付き添いの娘婿ハリス氏は、「我々家族は、工藤中佐が示した武士道を何度も聞かされ、それが家族の文化（Family Calture）を形成している」とさえ語っている。

話は変わるが、本書は2006年7月に上梓された拙著『敵兵を救助せよ！』（草思社刊）が原本である。これは、「フォール卿が初来日し、私に、恩人である駆逐艦『雷』艦長海軍中佐工藤俊作の墓所と、ご遺族の調査を依頼した」というストーリーから始まっていたが、今回この悲願がようやく達成されたのである。

一方、原著執筆の段階では資料調査に苦労したが、出版後は「雷」乗員ご遺族や関係者から多数の資料が寄せられた。また同様に、帝国海軍潜水艦艦長や戦闘機パイロットたちが工藤艦長同様、戦闘中に「武士道」を発揮した事例も多数発見された。

私は、これらをまとめて原本を改訂しようと思っていた矢先、版元である草思社が今年1月、突然、民事再生法の適用を申請した。このため私は暗澹たる思いにかられた。

その時、産經新聞出版が、私のこの要望を受け入れてくれたのである。

フォール卿は、艦長のみならず、今は亡き「雷」全乗員に感謝すべく靖國神社に参拝することをも切望していたが、これは諸般の事情により実現できなかった。そこでフォール卿は「雷」全乗員を供養するためとして仏像を求めて帰国した。

この実話は、世相荒《すさ》ぶ現在の日本で、国民が忘却していた「武士道」という高い精神文化を呼び興してくれるものと確信する。

２００８年12月８日

恵　隆之介

海の武士道
敵兵を救った駆逐艦「雷」艦長——目次

凡　例

一、本文中に登場する帝国海軍士官は、海軍兵学校の卒業期（クラス）をカッコ書きで表記した。なお、表記は原則として本文中1回のみとした。

一、本文中、登場人物の年齢は、取材時（2003年時点）の年齢である。ただし「現在」と明記されているものについては、2008年時点の年齢である。

一、本文中、敬称は略させていただいた。

一、本文中に登場する艦艇名はカギカッコとし、トン数はカッコをもって表記した。

一、本文中、針路表示は360度表記とした。北を0度とし90度が東、180度が南、270度が西の方向となる。

また、操舵法も海軍式操舵号令を用いた。「面舵」は右方向への針路変更を意味し、「取り舵」は左方向への変更を意味する。

海の武士道

敵兵を救った駆逐艦「雷」艦長

北京
京城
日本海
東京
朝鮮
名古屋
呉
大阪
横須賀
中華民国
佐世保
南京
日本
上海
鹿児島
武漢
東シナ海
沖縄
台湾
香港
ビルマ
ハノイ
バシー海峡
海南島
ルソン
タイ
ラングーン
マニラ
スービック
フィリピン
バンコク
内南洋諸島
サイゴン
南シナ海
ミンダナオ島
コタバル
ダバオ
パラオ
ペナン
マレー
ホロ島
モルッカ海峡
東カロリン群島
シンガポール
メナド
スマトラ
ボルネオ
バリックパパン
セレベス
ケンダリー
パレンバン
アンボン
マカッサル
ニューギニア
バタビア
スラバヤ
スンダ海峡
インド洋
バンドン
ジャワ
バリ島
アラフラ海
チモール島
クーパン
蘭領東インド

序章　武士道と騎士道

ロンドン発「ワールドリポート」

２００３年6月13日、私はＮＨＫラジオの朝の番組「ワールドリポート」を聞いて、強い感動と驚きにとらわれていた。

それはロンドン発のリポートで、ラジオのリポーターは「なんでこんな美談が戦後、日本で報道されなかったか、不思議でならない」と興奮を抑えながら発言していた。

情報提供者は、元英国海軍大尉のサムエル・フォール卿である。

「太平洋戦争（大東亜戦争）中の１９４２年3月2日、ジャワ海で、英国海軍将兵４００人以上が漂流中に、偶然この海域を通りかかった日本海軍の駆逐艦に発見された。

その直前、英国海軍将兵たちは約24時間近く漂流していたため、生存の限界に達していた。軍医は既に自決用の劇薬を全員に配布し終えており、仲間のうち数人はそれを服用しようとしてフォール卿から制止されていた。

自決をためらうフォール少尉（当時）は、眼前に突然現れた日本海軍の駆逐艦を見た時、『日本人は野蛮』という先入観から、いよいよ機銃掃射を受けて最期を迎えると覚悟した。

ところがその駆逐艦『雷』（1680トン）は、直ちに救助活動に入り、終日を費やして漂流中の英国海軍将兵全員を救助した」

話はさらに続く。

フォール卿を感動させたのは、艦上で日本海軍水兵たちが、重油と汚物にまみれた英国将兵を嫌悪することなく服を脱がせ、両側から2人がかりで1人1人の身体を丁寧に洗い流し、その後、被服、食糧を提供して慰労している光景であった。

さらに艦長の工藤俊作中佐が英国士官全員を前甲板に集めて敬礼し、英語で健闘を称《たた》え、「私は英国海軍を尊敬している。本日、貴官らは帝国海軍の名誉あるゲストである」とスピーチし、彼らを友軍以上に厚遇したというのである。

当時フォール卿は23歳であったが、この光景を「奇跡が起こったと思った」と表現していた。さらに彼は、「自分は夢を見ているのではないか」と疑い、腕をつねったという。

そしてリポーターは、フォール卿が、「日本武士道の実践」と発言したことを強調して放送を終えた。

私はこのニュースを聞きながら、我が国が大東亜戦争で降服した直後、日本を占領していたGHQ（連合国軍総司令部）の民間情報局が、日本国内の放送局を通じて流させた「真相箱」というラジオ番組を思い出していた。

その放送のシリーズの中にこういう表現があった。

「日本軍は『武士道、武士道』と言いながら、外国で悪いことばかりやっていたというじゃないか……」

実はこの番組の制作意図は、日本国民に自虐史観を定着させるためGHQが画策したもので、戦後日本人の自信を喪失させるのに大なる効果を発揮していたのである。

ところでフォール卿は、戦後外交官として活躍し、その功績をもってサーの称号を王室から授与された。外交官定年後は英国をはじめ東南アジアで講演し、工藤艦長のこの行為を称えた。これは我が国の名誉回復に大きく貢献したのである。

とりわけ1986年、フォール卿が、ジャワ海での体験を米海軍の機関誌「プロシーディングス」に「Chivalry」（騎士道）というタイトルで投稿したところ、米海軍は驚嘆した。同誌はなんとその論考を1987年新年号に7ページをさいて特集している。

それから4カ月後、東芝ココム違反事件が発覚し、日本は国際社会で孤立しようとしていた。

東芝ココム事件とは、対共産国輸出統制委員会が輸出禁止にしていたスクリュー製造用精密機械を、東芝の子会社がソ連へ不正輸出し、ソ連原子力潜水艦の海中における静粛性を飛躍的に向上させた事件である。当時は冷戦下で、米ソ両国は互いに核ミサイルを照準しあいながら、世界各地でしのぎを削っていたのである。このような情勢下で米国の対日貿易赤字は拡大しており、米国民は日本を、「安保ただ乗り」と批判し、全米で日本製品不買運動が起きていたのである。

ところがこの時、かつて帝国海軍と死闘を演じた米海軍の提督たちが帝国海軍へ敬意を示し、またその後継である海上自衛隊を称賛し日本を擁護したのである。それは、彼らの多くがフォール卿の文章に心を動かされたからに違いないと私は思っている。

工藤中佐の消息調査依頼

先述の「ワールドリポート」を聞いた直後、私はその内容を直ちにワープロに残し、海上幕僚監部（以降、「海幕」と表現する）と、帝国海軍および自衛隊関係者で構成する親睦団体「水交会」に報告し、「この事象を詳細に調査して日本の歴史に正しく残されてはどうですか？」と提案した。

しかし両者とも応じなかった。とくに海幕の後輩は、「海軍と海上自衛隊は全く関係ない。また関係があると国民に思われたら困ります」と、とんでもない返事をしてきた。

ならば独自で実行しようと、私は日英双方の関係者を捜して取材する計画を立て始めていた。

ところが間もなく海幕から、10月にフォール卿が来日することと、同月26日行われる観艦式に卿を護衛艦「いかづち」（4代目、4550トン）に招待するという内容の知らせを受けた。

来日をはたしたフォール卿は、救助当時の模様を、敬意と郷愁をもって我々に語った。

そして彼は別れ際に、「私は人生の締めくくりとして日本に初めて来た。戦後ずうっと、『雷』艦長であった工藤中佐の消息を探してきた」「どうか貴君はこれに協力してくれないか、墓参もしたいし、艦長ご家族や、『雷』関係者に会ってあの時のお礼が言いたい」と発言した。

私は、「工藤中佐の後輩として万難を排してお捜ししてみせます」と答えた。この時互いに挙手の敬礼を交わしたが、フォール卿の目には光るものが見えた。

燦然と輝く「武士道」

工藤中佐の消息調査は当初難航した。

関連資料は、海軍兵学校卒業名簿から山形県出身、出身中学は米沢興譲館中学（現在の山形県立米沢興譲館高等学校）という2点だけであった。そして、工藤中佐は1979年1月4日まで存命されていたが、子孫に恵まれず家系は絶えていた。

また「雷」は1944年4月13日、中部太平洋で米潜水艦の雷撃を受けて轟沈《ごうちん》しており、当時の乗員は全員が散華されていた。このため「雷」関係者で生存している方は僅か7名で、そのうち4名は高齢から病床にあったり、認知症に陥っていた。

生存士官は当時2人いたが、1人は協力を明確に拒否した。そこで私はもう1人の先輩にすがった。彼はミッドウェー海戦のトラウマから、当初この調査に気乗りしない様子であった。

しかし私は東京でお目にかかり、2時間以上かけて説得した結果、ようやく理解を得た。その方が「雷」元航海長海軍少佐の谷川清澄（87歳、海兵66期）である。谷川は、「私の兵学校同期の青木厚一元少佐が工藤中佐の興譲館中学の後輩で、山形県財界で活躍している。青木の力をもってすれば工藤中佐の消息はきっとつかめるだろう」と明言し、青木への照会を約束してくれた。

その後待つこと約2カ月、12月27日に谷川元少佐から電話がかかり、工藤中佐の遺族と、墓の所在地が判明したとのことであった。

また本件に関しては山形銀行役員にも同様に依頼していたが、これも青木に繋がっていた。その後山形銀行は、頭取以下、全行をあげて工藤中佐に関する史料調査を支援してくれた。

ところで中佐のただ1人の親族、甥の七郎兵衛（76歳）は中佐生誕の地である山形県置賜《おきたま》郡高畠町に居住されていた。

私は新春早々に七郎兵衛宅に伺い、フォール卿の感謝のメッセージを伝えた。

七郎兵衛は、「初耳だ、叔父はこんな立派なことをされていたのか。戦後も軍務に関することは一切口外しなかった」と言いながら落涙した。

私はこの時、日本海軍に武士道を見た。フォール卿が強調していた「日本武士道の発露」という意味が、ここで明快にわかったのである。

武士道とは

第二次大戦後、ド・ゴール政権で文化担当国務相を務めたフランス人作家のアンドレ・マルローは、武士道を「偉大な日本とは武士道のそれである。それは兜《かぶと》に非ず鎧《よろい》に非ず、己の意志するところを知り、その意志に全人生を捧げて悔い無き生き方である」と表現した。

「武士道」とは、欧州の格言ノブレス・オブライジ（Noblesse oblige 高い身分の者には高い義務が伴う）と同様に、日本におけるエリートのモラルの規範であった。

一方、李登輝元台湾総統は、「物質主義にとらえられている現在の日本人に最も欠けていることの一つ」とさえ語っている。

我が国は大東亜戦争において米英を主軸とする連合国と対戦し敗北。日本の首都は米軍航空隊の爆撃により焦土と化した。しかも降服から6年8カ月にわたって彼らの占領下に置かれたのだ。

これは誇りある国民にとって大変なショックであった。加えて連合軍は、極東軍事裁判を開廷し、大東亜戦争において、これを指導した軍人や政治家を犯罪人として処刑した。さらに帝国陸海軍を解体し、新憲法を制定させて交戦権を放棄させたのである。

当時飢餓状態にあった国民は、何の反論もなくこれを受け入れてしまった。ところがその後、東西冷戦の激化により米国の対日政策が転換し、アメリカは我が国に自衛隊、すなわち交戦権なき軍隊を創り米軍に従属させた。

加えて戦後の日本は、独立回復後も日米安全保障条約をもって米国に国防を一方的に委《ゆだ》ね、彼らの核の傘の下で平和を享受し続けてきた。

この結果、日本の戦後世代は、「国家は軍を持たない方が平和を維持できる」という錯覚に陥り、国家の本質を見失ってしまった。またこれと同時に「戦前は暗黒の時代だった、その元凶は帝国陸海軍にあった」と規定するようになった。

日本にとって、ここでもはや「武士道」復活の機会は完全に失われたのだ。「武士道」は本来なら、戦後創建された自衛隊に継承されるべきであったが、この組織もまた帝国陸海軍の後継であることを自ら否定している。

ところが、2007年4月19日、フジテレビ「アンビリバボー」という番組で、英国海軍将兵422名を救助した「雷」の話が、「戦場のラストサムライ」というタイトルで紹介された。この時番組のコメンテーターとして登場したフォール卿が、「武士道」を賞賛したのである。

日本海軍と交戦した旧敵国の海軍士官が「武士道」を賞賛したため、日本の視聴者は激しく感動した。そしてテレビ局には感動を伝える電話が殺到したという。

武士道は、今まさに英国の紳士とその騎士道によって救われ、復活しようとしているのである。

スーパー駆逐艦「雷」

「武士道」という言葉が欧米で紹介されたのは1900年、新渡戸稲造によって『Bushido』として米国フィラデルフィアの The Leeds and Biddle Company から出版されてからだ。

その後1905年、日本海軍が日露戦争で当時の超大国ロシアの艦隊を完膚無きまでに撃滅するや、日本熱は世界的に急騰した。そして新渡戸の『Bushido』は、ロシア語を始め多くの言語に訳されて各国に普及し、たちまち世界的なベストセラーになっていった。

一方、白人絶対優位と思われた国際社会で、新興で、しかも黄色人種の日本人がロシア人（白色人種）に圧勝した事実は白人社会に激震を走らせた。とりわけ太平洋をはさんで日本と対面する米国は、日本に敵愾心さえ抱き始めるのである。

ところでフォール卿のプロトコールとして来艦していた外務省の市川とみ子西欧第2課長は、護衛艦「いかづち」士官室でのフォール卿との懇談の中でこう力説した。

「英国では2001年9月11日のテロ事件以降、インド洋において、米国と並んで英国海軍も海上自衛隊の補給艦から洋上補給を受けていることは有名なのです。英国人の海自への評価は極めて高い、このお陰で日英関係は極めて順調です」

「日本では第二次大戦が強調され、日英同盟についてはあまり語られないのですが、英国は日本と違って歴史の断絶がない。このため、英国海軍は日英同盟100周年への思い入れは強いのです」

ちなみに日英同盟とは1902年から1922年のワシントン会議まで日英間で結ばれた同盟で、ロシアに共同して対処することと、朝鮮半島および中国における日本の特殊権益を肯定する内容になっていたのである。

2002年1月30日は同盟締結100周年の日に当たる。ここで英国海軍は心憎い演出をした。

同30日、テロ対策のためアラビア海に展開している英国艦隊が、戦後初めて海上自衛隊の燃料補給艦から燃料を受給した。そしてこの直後に、日本外務省に英国外務省から1通の祝電が届けられた。内容は「日英同盟締結100周年を祝う」というものであった。これを受け取った日本外務省は驚嘆したのである。

市川の話は続く。

「当時英国は、栄光の孤立を破って最初に行った同盟が日英同盟、しかも海軍の軍事同盟だったんですね。だから英国人は、フォール卿もそうですが、『日英友好100年の伝統』とすぐ言うのですよ」

さてここで駆逐艦「雷」(2代目)について述べておこう。

本書の主人公ともいうべきこの「雷」は、「特型」(トクガタ)と呼ばれるシリーズ艦の23番艦であった。このシリーズはワシントン会議(1922年2月6日)で、日本海軍の主力艦(戦艦)保有率を対英米60パーセントと制限されたため、それを補完することを主眼に、設計されたものであった。

結果、このシリーズは1928年から1932年までの5年間に合計25隻が建造された。日本海軍駆逐艦のシリーズでは最多となった。

このシリーズ15番艦「天霧」は、１９４３年８月２日、米国第35代大統領ジョン・F・ケネディ指揮する魚雷艇PT１０９と、ソロモン諸島ニュージョージア西方海域で激突し、これを撃沈したことで、戦後米国で映画になった艦である。余談になるが、戦後ケネディと「天霧」元乗員の交流は生涯続いた。

ところで、初代「雷」は帝国海軍最初の駆逐艦で、英国アームストロング社製、排水量３４５トン、１８９６年に建造され、エンジンは石炭式蒸気機関であった。

この艦は日本海海戦（日露戦争）で活躍した。この際使用された軍艦旗は、２代目「雷」が１９４１年12月４日、英米への開戦に備えて台湾の高雄港から香港沖に出撃した時、メインマストに掲揚された。

英国製は初代だけで、２代目以降は国産となり、性能も格段にアップする。最高速力は38ノットを誇っており、これだけは現行「いかづち」も追いつけない。

２代目駆逐艦「雷」は１９３２年、浦賀船渠《ドッグ》で建造された。排水量１６８０トン、機関は重油式蒸気機関である。これに12・7センチ砲6門、61センチ魚雷発射管9門と、当時は武装、性能を含め米英の同クラスの駆逐艦を凌駕《りょうが》していた。遠方からその偉容を見ると駆逐艦より１ランク上の巡洋艦に見間違えられることがあった。フォール卿もまた、当初、巡洋艦と誤認していたのである。

この2代目「雷」誕生の2年前、1930年1月、英米両国は日本の造艦技術の急速な進歩に脅威を感じ、今度はロンドン海軍軍縮会議で、日本海軍の補助艦艇の保有比率を重巡で対英米比60パーセント、駆逐艦約70パーセントと、またもや制限を課していたのである。

結果、帝国海軍は艦艇の乗員居住スペースを犠牲にしながら、ワンランク上の武装を搭載させることによって、総合火力の劣勢比率をカバーしようとしたのである。

空前絶後の敵兵救助劇

ここでフォール卿一行が救助された時の模様を、日本側生存者の証言をもとに簡単に述べておきたい。

「雷」の乗員は総員220名、救助された英国海軍将兵は422名、谷川清澄元少佐の証言では、当初、万一の反乱に備えて最大限の警戒行動が取られていたという。ところが彼らの衰弱が予想以上に激しく一刻を争うと判断されたため、警備要員まで救助活動に投入された。

しかもこの海面は、敵の潜水艦や航空機からいつ襲撃を受けるやもしれない海域であった。

このような大胆な救助を敢行した裏には何といっても、工藤艦長の絶対的な自信と、艦全体のチームワークがあった。

開戦以来、「雷」は5回にわたって敵潜水艦から雷撃を受けていたが、いずれも回避し、しかも3隻を撃沈している。

工藤艦長の「武士道」に基づくリーダーシップは見事であった。日頃、下士官兵を慈しみ、何かにつけて彼らと酒を酌み交わし、慈父のように慕われていた（海軍では本来下士官兵との飲酒は厳禁されていた）。旧部下が証言するには、艦長は艦内における鉄拳制裁を厳禁し、先任下士官酒井米也一等兵曹（１９４２年11月１日以降、「上等兵曹」に名称変更）に対しては、「兵が自主的に行った行為で失敗した場合、絶対に叱るな」と厳命していたという。

とくに新任見張りが目標を誤って報告した時、艦長は決して咎《とが》めず、わざわざ兵を呼んで、「その注意力は立派だ！」と褒めたという。従って艦内各見張りは、艦周辺に少しでも異変を察知すると先を争って艦長に報告していた。

結局この見張りの報告で、漂流中の英国海軍将兵を距離８０００メートルで発見できたのである。

しかし、当時艦長伝令を務めていた元1等水兵（82歳）の方が証言するには、敵兵救助活動中、青年士官の1人が甲板上で、艦長の行為に不満を漏らしていたという。

確かに我が国は1937年7月7日に発生した支那事変を境に国家備蓄を消耗し続け、翌1938年をピークに国力自体も下降していた。

「捕虜を厚遇するぐらいなら、その資源を戦争勝利に賭けろ！」、凡人なら当然こう考えたし、狭い艦内生活と南方の猛暑の中で、乗員のストレスも頂点に達していたであろう。

当時、日本海軍駆逐艦の居住スペースは僅か1・3立方メートル、列国艦艇中最小のスペースで、兵士たちは「棺桶より狭い」と自嘲していたのである。

本書にこれから登場する第1分隊（砲術科）主砲射手の中野武治3等兵曹（当時24歳）は、小学生との文通の中で、艦内生活の一端を、「海がしければ、柱に身体をくくりつけて食事をかっこみ、しけが続けばミイラのように細こけて、眼はギロギロする」と表現している。

また同分隊に属した石綿一郎3等水兵（後戦死、上等兵曹に昇任）は、次の詩を詠んでいる。

「転舵（艦が方向変換すること）するたびに頭を弾台にぶつけて覚めぬ

艦かたむきて即発の備へと自ら名づけたればせまきに耐へて寝るにたのしき
索敵の六日七夜を弾台の横に寝《い》ねけりせまきに耐へて」（社団法人国民文化研究会刊「いのちささげて」より）

こういう中で敵の将兵を救助し、艦内でケアーするということは至難の業であった。極東軍事裁判では善人ぶった米国でさえ、日本の病院船まで撃沈し、漂流する看護婦や傷病兵にまで機銃掃射を加えて殺傷している。

しかし「雷」の場合、工藤艦長が日頃艦内の下士官、兵を感化していたからこそ、艦長の「敵兵救助！」の命令に対し一糸乱れず従った。さらに日本海軍兵士たちは、英国兵に支給する艦載の被服等が払底したことを知ると、自主的に私物の下着や履き物まで彼らに提供していたのである。

この作業に尽くした殆どの「雷」乗員は、今は中部太平洋、水深4500メートルの海底に眠っておられるが、今日のフォール卿の騎士道的行為に深く感謝していることであろう。

武士道と騎士道

私はフォール卿の行為に強い感動を覚えた。それは、彼の後姿に騎士道と英国海軍の偉大さを見たからである。私はフォール卿と対話するうちに、海軍兵学校で最後の英語教官を務めた英国人セシル・ブロックの著書『英国人の見た海軍兵学校』の一節を思い出していた。

ちなみに海軍兵学校は広島県の江田島にあったことから、「江田島」はその代名詞ともなった。

ブロックは1935年に江田島最後の英国人教師として日本を去る時、次のように書き残している。

「万が一にも、日本が白色人種の国々と交戦するようなことになったならば、我々イギリス人の教師が教えたことのある江田島の生徒が、本当の江田島の理想、すなわち日本の武士とイギリスの紳士の二つの理想の結合に従って国際問題を処理することを心から希望して止まない」

話を戻そう。私は卿の依頼を受けて工藤中佐の消息を捜した時、意外な事実を発見した。工藤中佐のクラス、海軍兵学校51期の特徴と彼らの運命であった。

工藤中佐ら51期生は1920年8月26日に海軍兵学校に入校したが、当時帝国海軍は大艦隊建造計画を１９１８年から開始していた。戦艦８隻、巡洋戦艦８隻を保有しようとする計画で、兵学校生徒も従来１クラス１８０人採用していたのを、１９１９年の50期から、従来の約2倍、３００名を採用することになった。そして50期から52期まで３００名枠を維持し続けたのである。

ちなみに米国は１９１６年、戦艦10隻、巡洋戦艦６隻を基幹とする１５８隻、82万トンの海軍拡張計画を公表していたのである。

ところが、１９２２年２月６日、ワシントン海軍軍縮会議で英、米それぞれ５に対し、日本は３という劣勢比率を課せられた。この結果、１９２２年採用の53期から海軍兵学校の採用人員は一挙に50名に減らされた。しかも海軍部内には、50期から52期まで大量採用した生徒で、中位以下の生徒を強制的に辞めさせようとする意見まで出ていたのである。

しかし工藤中佐の中学の先輩で当時軍令部長（１９３３年９月27日以降、「軍令部総長」と改称）の地位にあった山下源太郎大将（海兵10期）が猛反対した結果、この強制足きり案は却下された。

この英断が、約20年後に生起した大東亜戦争において、戦死損耗率をカバーすることになったのである。しかもこの三つのマンモスクラスの中で工藤中佐のクラス51期が、大東亜戦争で最も多くの戦死者を出している。

ところでこの大量採用時代、兵学校を志願した生徒たちは、皆一様に未来の提督に憧れた。51期は、運命のいたずらか16名が海軍少将に昇任したが、全員戦死または自決による特別昇任であった。そして生き残った者たちは、戦後日本海軍の解体により40歳を過ぎて間もなく職を失うことになったのだ。

記録によれば海軍兵学校51期は255名が卒業し、大東亜戦争中、大佐、中佐クラスで戦い、95名が散華された。戦死率37・2パーセントの数字はこの前後のクラスで突出している。

開戦劈頭《へきとう》、彼らは駆逐艦、潜水艦の艦長、あるいは飛行長として戦い、さらに軍令部や連合艦隊司令部の幕僚の中核を占めていた。

しかし彼らは、日本の国力が最も充実した時期に最もリベラルな教育を受けてもいた。欧州の士官（貴族階級）の嗜《たしな》み、馬術を習い、課業終了後、生徒はクラブでピアノを弾き、あるいは和歌を詠むといった芸術的センスまでも醸成されていた。まさに彼らは国際人としてのエレガンスをもつように教育されていたのだった。このような熟成されたエリートたちがいたからこそ、我が国は大東亜戦争で最後まで統制をもって戦えたとも言える。

２００３年12月現在、51期でただ1人、扇一登元大佐が１０２歳で存命していた。病床でクラスメート工藤中佐の偉業を喜び、また中佐の思い出を語ってくれた。扇元大佐は開口一番、「アイツは実にエエヤツだった」と語り、「身体は大きいくせに、シャイな男だった」と回想した。

１９４０年7月に発行されたクラス会誌「五一」には、工藤中佐が、「元来自分は書くことも喋ることも大嫌ひである。下手だから嫌ひなのか嫌ひだから下手なのか、多分これは因果関係で益々嫌ひで下手になるのであらう」と書いている。

ここで駆逐艦「雷」元航海長の谷川元少佐について記しておきたい。

２００４年10月15日、都内でお目にかかった。眼光鋭く、隙を一切見せない相貌に私は緊張した。

谷川は冒頭、１９４２年6月5日に生起したミッドウェー海戦の時の惨事について語った。

谷川は、ミッドウェー海戦直前に「雷」から最新鋭駆逐艦「嵐」（２０００トン）の水雷長に転出していたのである。

海戦翌日の6月6日、米軍機の空爆で大破した空母「赤城」（4万1300トン）を味方魚雷で処分することとなった。

この時、「嵐」には空母「赤城」乗組員約600人が移乗して来ており、甲板上、艦内とも、立錐の余地がなかった。谷川少佐はその視線を背中一杯に受けながら、魚雷の発射号令を令した。その初弾が命中した直後のことである。

振動で白服作業着の乗組員が空母「赤城」の飛行甲板に這い出して来ていたのだ。しかしどうすることもできない。後続の駆逐艦「野分」（「嵐」と同型2000トン）がすでに2本目の魚雷を発射していた。そして間もなく「赤城」に命中する。「赤城」はあっという間に波間に沈み、数秒後、海中で大爆発を起こした。

「最近まで、少しでも疲れると目の前にその白服の水兵が現れたんだよ」と谷川は語った。そして同時に、米機動部隊に対し当時圧倒的に優勢であった日本機動部隊が一瞬に敗北した理由として、第1航空艦隊司令部の驕りと油断を歯ぎしりしながら指摘したのである。

彼は戦後、創設された海上自衛隊で、護衛艦を米軍から貸与されることになり、これを受領するため砲術長として渡米した。しかもこの時、「雷」で部下だった橋本衛1等海曹（後1尉）を帯同していたのである。

また1970年6月には、戦後初めて実施された世界一周遠洋航海の司令官を務め、日本のシーパワーの回復と国力の復活を世界に披瀝したのである。

谷川は、フォール卿来日の話を聞いてことのほか喜び、緊張していた顔がほころんだ。そして2時間にわたる会話のうちに私の活動目的に理解を示し、工藤中佐に関する調査協力を快諾してくれたのである。

第一章　英雄の揺籃

誕生

工藤の人となりを知るために、その生涯を検証していきたい。

工藤俊作は、1901年1月7日、山形県東置賜郡屋代村に生を受けた。現在この村は合併し、高畠町と呼ばれている。なお、この地域を総称して置賜地域と言うが、この範囲は、山形県南部最上川上流地域を総称している。その東側部分に工藤が生まれた村があったのだ。

工藤が誕生した時の家族構成は、父七次33歳、母きん29歳で、工藤は次男として生まれた。上には、7歳年上の兄新一、10歳年上の姉ちんがいた。また当時、祖父七郎兵衛56歳と、49歳になる祖母こうがいた。

工藤家の家業は農業で地主、経済的には恵まれていた。祖父七郎兵衛は情が深く、不作の時は、自ら年貢を引き下げて小作人を労《いたわ》った。またこの家は、代々当主が七郎兵衛の名を襲名してきた。現在、この家を守る七郎兵衛は、工藤の兄の息子で、1967年4月25日に襲名している。

人間は幼年期の環境が人生に大きな影響を与える。この点、工藤は恵まれていた。

最も影響を与えた祖父は農民であったが、士族に劣らない高等教育を受けていた。この祖父は、1886年8月13日、長崎に入港した支那海軍（清国海軍）水兵が市民に暴行をはたらいた事件と、5年後の1891年7月16日、支那海軍艦艇合計6隻が品川に入港し、日本を威嚇したことを知った時、「日本は、本格的海軍を持たないと、隣邦にさえバカにされる」と発言していたという。その後、日清、日露の両戦争で、海軍が勝利の決定的要因を占めたことを知り、自分の考えに間違いがなかったことを確認して、孫の俊作を何としても海軍士官にしたいと思うようになっていた。

工藤は、1908年4月、7歳の時、自宅から約3キロ離れた屋代尋常小学校に入学した。

この3年前、我が国は超大国ロシアに勝利しており、出征した地元出身兵士が陸続と凱旋して来ていた。

工藤はいつ頃から、海軍士官に憧れたのであろうか。

工藤が3学年進級間もない1910年4月15日、広島湾で潜水訓練中の第6潜水艇(57トン、米国製)が事故で沈没するという大事件が発生した。艇長の佐久間勉大尉(31歳)は、酸素が消耗していく艇内で遺書をしたため、天皇陛下に対し、潜水艇を沈めた責任を詫びた後、「部下ノ遺族ヲシテ窮スルモノナカラシメ給ハラン事ヲ」と結び、さらに事故の原因、改良すべき点について呼吸が停止するまで記録していたのだ。これを読まれた明治天皇は、感泣されたという。

当初海軍は、事故後、艇を引き揚げハッチを開ける際、凄惨な情況が呈されているものと恐れていた。ところが艇内では、艇長以下14名全員が各配置についたまま従容と最期を遂げていたのである。

その後艇体は、海軍潜水学校に運ばれ、歴史的遺産として保管展示された。

当時この模様は全国に伝搬され、艇長の遺書は全国民の胸をうった。また海軍は、英国海軍式礼装を着用した佐久間大尉生前の写真を公表した。眉目秀麗、凜とした海軍礼装、そして壮絶な死。多くの日本人が感泣し、青年男子は海軍士官に憧れた。

工藤が通う屋代小学校でも、この話は朝礼で佐藤貫一校長が全校生徒に訓辞し、責任感の重要性を強調し、呉軍港に向かって全校生徒が最敬礼した。佐久間大尉の遺書を読む校長の声は涙に途切れ、校内は厳粛な雰囲気に包まれたという。

佐久間艇長の行為は、その後軍歌にもなり、日本列島にこだました。

工藤はこの朝礼の直後、担任の淀野儀平に「農民でも海軍士官になれますか」と、尋ねている。淀野は、「勿論なれる」と発言し、米沢興譲館中学進学を勧めた。この時代、小学校の身上書には未だ「士族」（武士階級）か、「平民」（農工商人等）か、記載する欄が設定される時代であった。

帰宅した工藤は夕食の際、家族に向かって、「オラ、海軍士官になる……」と発言した。祖父は我が意を得たりとばかりに、喜色満面、「士族に負けんよう、一層勉強するように」と、諭したという。当時、兵学校に進学するには、中学5年卒業か、あるいは成績優秀な者は中学4年から受験することができた。

工藤は、3学年後半から猛然と勉強するようになり、屋代小学校創立以来の高得点を維持し続け、「神童」と称されるほどになっていた。

1915年3月、屋代尋常高等小学校高等科を卒業するが、高等科同期は36名、工藤はトップで卒業し、卒業生総代として在校生徒、父兄に答辞を読んでいる。

上杉謙信の系譜「興譲館中学」

米沢藩は明治維新によって山形県に統合され、現在は山形県米沢市となっている。ここは盆地で海がない、にもかかわらず敗戦までに海軍大将3名、中将16名、少将12名を輩出している。

彼らの出身中学校こそが「米沢興譲館中学」であった。戦前の中学で提督を出した数では群を抜いている。興譲館中学は戦前、軍人のみならず各界に幾多の人材を輩出していた。

1915年4月7日、工藤は、その「興譲館中学」へ進学する。

「興譲館」は米沢藩藩主上杉鷹山《ようざん》によって1771年に設立された。この上杉家の始祖は上杉謙信である。新渡戸稲造の『武士道』には、謙信が敵将に塩を送った話が武士道の典型と強調されている。ちなみに米国大統領であったジョン・F・ケネディは、「日本人で最も尊敬する人物は、上杉鷹山である」と語っていた。

工藤の合格順位は入学者（第28期生）103名中3席であった。工藤はこれから5年間、現在の上新田にあった親戚の家に下宿して、約3㌔の道のりを徒歩で通学することになる。

工藤の同期生の中には、戦後田中角栄内閣（1972年7月7日組閣）で建設大臣を務めた木村武雄がいた。またこのクラスは医学に進んだ者も多く、7名が医師になっている。

兵学校に進んだ級友は他に3人いたが、戦後まで生存したのは工藤だけであった。2人は病気で中退し夭折した。無二の親友となる近藤道夫は1938年年7月31日、少佐の時、中国戦線で乗機が墜落し戦死した。

なお海軍兵学校に進学したこのグループは卒業まで絶えずトップから5番以内を競っていたのである。戦前、海軍兵学校は難関中の難関で、有名進学校で常時上位に入っていなければ、合格できなかったのだ。

工藤は海兵進学を目指して勉強した。当時、興譲館で兵学校進学希望者の進路指導を担当していたのが我妻又次郎であった。我妻は同時に英語担当の教諭をしていたが、工藤の純真な思いを聞いて、「この男を何としても兵学校へ送ろう」と決心する。しかし、決して甘やかしはしなかった。

我妻には一人息子の栄がいたが、工藤と入れ違いに、1914年に興譲館を卒業し、第一高等学校に進学している。栄はその後東京帝大法学部を首席で卒業し、民法学者として日本の法曹界に名を残している。このため我妻の家は、現在、「我妻記念館」

として保存、一般公開されている。

なお我妻栄が東大を卒業した時、彼のライバルで、次席で卒業した岸信介は、１９５７年２月25日に内閣総理大臣に就任し、戦後日本のフレームを構築している。

我妻又次郎自身も、興譲館を１８８３年に卒業し、兵学校を目指したが、視力検査で落第していた。

兵学校の入校基準は、視力が裸眼で１・０以上と規定されていたのである。レーダーが未だない時代、操艦や艦隊の指揮運用は、視力だけが頼りであった。我妻又次郎はこのため、兵学校進学を諦め、同志社英学校（現在の同志社大学）に進学し、１８９５年に、母校の教諭心得として教鞭をとった。以来、１９２１年10月、55歳で退職するまで26年間、興譲館に在職した。

我妻の気性は激しかった。授業中、生徒が居眠りでもしようものなら、容赦なくチョークや黒板消しを投げつけた。反面、情が深く、できの悪い生徒を常時３～４人自宅に下宿させ、補習教育を施していたのである。

こういうエピソードもある。英語の授業時間中、工藤に盛んに英語で質問を浴びせる。あるいは盛夏の頃、工藤が少しでも襟元を緩ませると、我妻は「服装を乱すな、これでも海軍士官になれるのか」と怒鳴った。

工藤は級友に、「自分が農民の出身であるため、先生はとくに厳しいのか」と弱音を吐いたことがある。

級友は言った。「工藤、それは誤解だ、自分たちから見て、君はかえって可愛がられているように見えるぞ！」

我妻は、兵学校進学希望者に、頻繁に英語の特訓を行っていたが、その度に、自分の失敗談を話し、「視力の維持」に配意するよう強調していた。工藤はこのため、夜、勉強を終えて就寝する前に、夜空の星を見て視力を鍛えていた。

また我妻に私淑し、鉄砲屋町（現在の米沢市中央3丁目）にある彼の自宅を頻繁に訪問している。教育熱心な我妻の自宅には、書生のように生徒が絶えず出入りしていたという。

工藤3学年時の1918年3月18日夕刻、最愛の祖父が病没する（享年73歳）。工藤は臨終に立ち会えず、1人納屋に隠れて号泣したという。以前、父親が祖父の病状を気遣い、工藤に連絡し、授業を欠席して見舞ったことがあった、祖父はこの時、横臥しながら一言一句嚙みしめるように言った。

「お前の務めは学問して兵学校に進学し、立派な海軍士官になることだ、それが自分に対する一番の孝行だ、学校を休んでまで見舞いに来る必要はない、今すぐ学業に戻れ」

工藤はこの時、兵学校に4年生からの合格を目指して猛勉強中であったのだ。

第二章　海軍式エリート教育

シンキング・イン・イングリッシュ

明治の元勲たちは、近代国家建設の最優先課題は強力な海軍建設にあると断定し、海軍士官養成を急務としていた。

明治新政府は、海軍士官養成機関として、1869年9月、東京築地に海軍操練所を開設、鹿児島（旧薩摩藩）等16藩に貢進生の派遣を命じた。翌1870年11月、「海軍兵学寮」と改称、1871年2月からは、生徒を英米両国に海軍留学生として派遣した。そして1876年9月1日、校名を改称、「海軍兵学校」と確定し、校舎も1888年8月1日、現在の江田島に移転した。

1945年の閉校までに、この兵学校から6名の総理を輩出している。

１９１９年7月。工藤はこの前年、４学年からの兵学校進学は叶わなかった。

興譲館最上級の5学年となった工藤は、体格は大きいがかなりひょうきんなところがあった。

この頃の工藤の想い出を五十嵐なお（90歳）はこう回顧している。なおは工藤の兄の娘である。

「当時私は、9歳でした。夏の暑い日に、俊作さんが家のそばにある清水に、素麺をさらしに来ていましたが、その場でその素麺をあっという間に全部食べてしまったんです」

工藤にしてみれば、兵学校受験に向けて全力投球している頃で、腹も減っていたことであろう。当時工藤は身長１８０センチ、体重80キロであった。

工藤はこの頃、興譲会誌（１９２３年12月発行）の「鏡影集」欄に次の句を詠んでいる。

早乙女の苗きる姿春に入る
うらぼんや蝶の飛び交う女郎花
秋風に心さらして読書かな

一方、工藤は、この年が兵学校受験の最後のチャンスと、とにかく猛勉強していたのである。

1920年新春、工藤は再び兵学校を受験する。この年、300名の採用予定に対し、全国4000人以上の若者が受験していた。

兵学校の入学試験は、山形県県会議事堂で行われた。当時山形には山形中学、米沢中学（「興譲館」）、新庄中学、鶴岡中学の4校があった。いうまでもなく各校の俊秀が受験した。

工藤と同時に受験し、工藤の死に水をとった兵学校クラスの大井篤元海軍大佐は、工藤の第一印象をこう回顧している。

「とにかく米沢組には偉軀堂々たる連中が多かった。その中に偉容がひときわ目立ち、顔付や物腰の実に落ち着き払った青年がいた。いや青年というよりは成人といった感じだった。この偉容の成人らしき青年が工藤俊作だったわけだが、その偉容は私をして私のようなひょろひょろは海軍将校に向かないのだと感じさせた」

話は少しそれるが、この試験の時、興譲館4人組（小林栄二、佐藤欽一、工藤俊作、近藤道雄）は、同じ旅館に宿泊し、試験も順調に終えた。そして翌日は最終の作文だけという時、全員で気分転換にと映画（活動写真）を見に行き、翌朝全員寝過ごして、あわや失格となるところだった。試験官が心配して門のところに待っており、「折角ここまで来たのに」と諭され、全員神妙な思いにかられたという（「五一」第8号）。

1920年6月1日、工藤家に海軍省より電報が届く。「カイヘイゴウカク、イインチョウ」と記載されていた（「イインチョウ」とは海軍省教育局海軍生徒採用委員長の略）。兵学校入校式は8月26日である。着校指定日は8月11日であった。

工藤は、興譲館から兵学校に合格した2人目の平民出身者であった（1人目は勝見基大佐）。この合格の知らせは、高畠のみか全置賜地区の農民を欣喜させた。

工藤は、海兵合格の知らせを真っ先に我妻先生に報告する。日頃謹厳な我妻は、涙をぼろぼろ流して、「良かった、良かった、これからは君らの時代だ」と祝福したという。

7月下旬、工藤は郷関を後にするが、村内は老若男女が歓喜していた。米沢士族の子弟と、平民出の俊作がもはや同格の兵学校生徒になるのであるから、まさに新時代の息吹きを実感していたのである。

村では出征兵士を送り出すように、村役場に集合して村人注視の中で、村長鈴木弥平治、屋代小学校校長長山憲一郎の激励を受け、村の各家の代表や親戚、友人、青年会、在郷軍人会、約150人が行列を作り、先頭に日の丸の国旗を押し立てて見送った。

工藤の祖母こう（当時68歳）は、「有り難いことだ、生きていた甲斐があった」と目頭をおさえ、2年前に他界した夫七郎兵衛の遺影をしっかりと抱いていた。両親、姉兄は緊張して村人の祝福に応えていた。

工藤は徒歩で高畠駅まで行き、米沢駅で入校同期の面々と合流し、鉄道で呉に向かった。

江田島は呉から約5キロ離れた離島にあるため漁船で行くことになる。

工藤と興譲館クラスの小林、佐藤、近藤も、手ぬぐいで汗を拭き拭き兵学校指定の生徒クラブへと向かった。

夢にまで見た江田島への経路を、工藤のクラスの中島忠行元大佐はこう回顧している。

「全国から集まった同じ様な少年達は、兵学校生徒クラブである百姓家の離れ座敷や、お菓子屋の裏部屋に分宿させられました。

このクラブは大てい親切なおばさんが居て、食事の用意から入浴洗濯のことまで世話を焼いてくれて、殊に入校後も日曜毎の外出には汁粉や松茸飯を作って貰った」

兵学校生徒は、夏冬の長期休暇以外は、島外への外出を禁止された。このため、海軍は学校周辺の旧家で、生徒が休日の外出日に「倶楽部」として憩えるように契約していた。

こうして工藤は、指定された分隊毎に割り当てられた生徒倶楽部で旅装を解いた。

ここには、黒井明が先についていた。黒井は黒井悌次郎大将（海兵13期、興譲館出身）の甥で当時は逗子に住んでいた。彼は後にパイロットになるが、なかなかのモダンボーイで、スポーツ万能、精悍な顔つきをしていながら、ポピュラーな英米のフォークソングを、自然に英語で歌う男であった。

ここで驚くのは、工藤、黒井、近藤、小林、佐藤の5人のうち、任官し、終戦まで生存したのは工藤1人であったことだ。黒井は少尉任官後、重巡の艦載機パイロットとして活躍するが1933年3月10日、少佐の時、悪天候で乗機が洋上に墜落して行方不明となった。

近藤は既述したように戦死、佐藤は入校の際の身体検査で落第、その後山形高校

(旧制）に進んだが間もなく病死した。小林は兵学校在校中成績優秀で嘱望されたが、卒業直前吐血して退校し、夭折した。

なお、このクラスは入校が293名で、卒業数は255名である。生徒の出身地を卒業名簿で見ると、一番多いのが鹿児島で19名、続いて広島18名で、山形は7名と、合格者の出身県別では上位から9番目であった。

新入生徒は、視力検査等の最終健康診断が実施され、これに適しない者は涙を飲んで帰宅していった。健康診断をパスした者はいよいよ校内に入り、入校式までの兵学校のカリキュラム、校内施設の説明が行われた。

工藤は同郷の新入生徒と共に、緊張した面もちで受付の士官に、姓名を申告した。そして待機中の対番生徒2学年簗田修生徒（後大佐）に引率されて生徒館に向かった。

兵学校には「対番生徒」という制度があって、新入生1人に2学年生1人が割り当てられ、兄代わりになって新入生徒の面倒をみるのである。

当時、最上級の1号には伏見宮博忠王、久邇宮朝融王が学んでおられた。またこの年の5月8日から高松宮宣仁親王殿下が兵学校予科生徒として特別準備教育を受けていたのである。高松宮は、大東亜戦争末期、兄の昭和天皇を補佐し、また首相に鈴木貫太郎大将（海兵14期）を就任させて政局を収拾し、日本を破局から救った。青年高松宮のポテンシャルは、この時代に鈴木貫太郎校長の教育の結果、醸成されたと言っても過言ではない。

工藤は、9分隊に配置された。

兵学校の教育システムは、英国のエリート育成校パブリックスクールのそれを踏襲しており、日常生活は分隊単位で行われ、術科や座学は学年別の教務班に分けられた。分隊は各学年が混合して編成されており、1号（最上級生）の自治が尊重された。

新入生徒は、対番生徒に引率されて生徒館に入り、制服、作業着、下着を受領した。その後教材以外の私物はすべて親元に送るのである。

工藤はこの日、白麻、金ボタン5個の制服を支給され、また夢にまで憧れた短剣の支給を受けた。

ただ、このクラスから制服が変わり、日本全国の青少年を魅了したファッション、短いジャケットから士官制服と同じ通常の上衣になって、工藤たちはもの足りない思いをしていた。しかし、このスタイルは1932年4月、63期で廃止され、再び短いジャケットのスタイルが復活した。

1920年8月26日、海軍兵学校第51期生徒入校式に際し、第27代校長鈴木貫太郎

中将（当時）は、兵学校進学を祝福した後、以下の4点の趣旨の訓辞を行っている。
①軍隊の目的は国家を保護し、国民の安寧幸福を確保する事である。
②我が国軍隊の存在意義は、諸外国のように侵略的野心のためではない、また国内政治を壟断《ろうだん》するものでもない、あくまでも国家防衛のためにある。
③皆は秩序を重んじるべきであることに留意せよ、それは軍規であり、規律である。軍規を乱した軍隊は烏合の集団となる。
④上級生を兄として敬い、しっかり勉強せよ！
工藤が入校した時代、兵学校は夢と希望に溢れていた。八八艦隊構想で生徒の前途は洋々たるものがあった。

兵学校入校後の想い出を、大井元大佐は、1975年5月にこう語っている。

「（兵学校の教育は）初めから非常に日本離れするような教育をしていましたね」

「わたしどもが兵学校に入ったとき、初めて日本語の教科書を使った。それまで英語の教科書だったんです。その中に英語がたくさん書いてあるんです。シンキング・イン・イングリッシュ……英語でものを考える。そのくらい英語でものを考えることをやった」

「兵学校は入ったときからパンを食わすわけだ。わたしは苦手だった一人だったけれど、みんな苦手なんだ。それで硬いところだけ食べるわけだ。あとのほうはまずくて食べられない。しかし、それくらい兵学校に入ったときからパンだとか洋食だとかいうもので、体の体質から改造しようとする」（「週刊読売」1975年6月7日号）

1921年2月には、生徒クラブとして「養浩館」が、従来の木造からバロック式の鉄筋コンクリートに新築された。ここにはピアノが設置されており、終戦まで生徒がそれを弾いていた。

1944年に兵学校を陸軍の将校が見学しているが、生徒が娯楽の一環としてピアノを弾いている光景を見て、陸軍士官学校との文化的格差に驚いたという。

工藤は、1921年7月には2号生徒（2学年）に進級し、8月26日には52期生徒236名を迎えている。この時、高松宮殿下は正式に52期生徒として入校した。

鈴木貫太郎学校

1920年12月24日昼過ぎ、山形県高畠駅で列車の到着を待つ老婆がいた。工藤の祖母こうである。この日、工藤が冬期休暇で帰省してくるのだ。

高畠は雪が積もってはいたが、この気丈な祖母は、孫の制服姿を一時も早く見ようと、家族の反対を押して駅まで来ていた。そこには工藤の両親と姉ちんもいた。

間もなく列車が到着し、工藤は兵学校制服で颯爽と降りてきた。この時代の制服は、帽章と襟章を除けば士官制服と見分けがつかない、ネービーブルーのそれは工藤の端正な顔を一層引き立てた。

鍛えられた身体、洗練された身の振る舞い、駅構内は華やいだ雰囲気に包まれた。他の乗客や駅員もこの凛とした制服姿に足を止めて見入った。一部は、「あの方が工藤家の坊ちゃんだ、大したものだ」と、羨望と敬服の視線を向けた。

駅員が、工藤の泰然とした挙動に高級将校と誤解し、駅長室に駆け込んで、駅長を表敬のため引っ張り出したというユーモラスなハプニングさえ起った。

工藤は祖母に近寄るや、「ただ今帰りました」と挙手の敬礼をしながら微笑んだ。祖母は前かがみの身体を、工藤の直前まで進めて顎を上げ、「俊作！」と言うや、足元から頭上まで視線を移し、制服に触れながら、この姿が夢ではないことを確かめていた。

こうは、晩年（1939年）、「この時が人生最高の時であった」と、家族に何度も語っている。

工藤は、帰宅するや、祖父の霊前に焼香して帰省を報告した。

ところで51期は、鈴木校長を含め3代の校長の指導を受けた。

鈴木貫太郎中将は終戦時の総理として歴史に名を残しているが、鈴木の在任期間は、11月末までの約3カ月間で、次は興譲館出身の千坂智次郎中将（海兵14期）が、1920年12月から1923年3月まで約2年3カ月間在職した。その後、1923年4月より卒業までを、谷口尚真《なおみ》中将（海兵19期、後大将）が担当した。

谷口は、1905年より約4年間、米国公使館駐在武官を務めた経験を有していた。このため米国事情に明るく、またリベラルであった。鈴木校長の学校運営を踏襲し、鉄拳制裁を禁止した。また先輩方の偉勲を顕彰するためとして、財閥をまわって浄財を集め、現代に残る「教育参考館」を建設している。

一方この頃、海軍部内に士気の弛緩が見られたが、谷口は当時、海軍航空隊育成のため来日した英空軍のロード・ウィリアム・フランシス・センピル大佐の言行を引用し、「率先垂範」「海軍士官は謙虚であれ」と生徒を戒めている。

センピル大佐は、日本海軍が官僚化していることを批判し、「スタンピングネービー（捺印海軍）」、「ペーパーネービー（書類海軍）」と直言していた。結局帝国海軍は大東亜戦争で、この官僚主義を打破できず敗北を喫することになる。

海軍はセンピル大佐の日本海軍批判を真摯に受け止めた。とくにセンピル大佐が日本を離れる前、当時の首相海軍大将加藤友三郎（海軍大臣兼務、海兵7期）は、官邸に大佐を招き、真摯にその批判に耳を傾けている。

谷口は、海軍知性派の代表的存在であった加藤友三郎の後継として将来の海軍大臣、総理を嘱望されていたが、親英米派のレッテルをはられ、1931年に艦隊派（対英米強行派）によって軍令部長で予備役にされた。

しかし、この3人の中で51期に最も影響を与えたのは、やはり鈴木貫太郎である。

また51期は、遠洋航海後、少尉候補生として第2期実習に入ったが、当時鈴木は連合艦隊司令長官の地位にあり、艦隊各艦に分乗実習している候補生を激励、指導している。

校長在任中は、兵学校生徒に、軍人が政治に関与することを厳しく戒め、「海軍大臣を目指すより、連合艦隊司令長官、または軍令部長を目指せ」と、口癖のように語っていた。要するに政治より、軍令のトップを目指せというもので、鈴木は、「海軍大臣は文官でも務まる」として、シビリアンコントロールをも容認していた。そして「世論にまどわされず、政治に関与するな」と強調していたのである。

戦後、作成されたクラス会誌で校長で名前が出てくるのは鈴木だけである。鈴木は身長180㌢の長身で、ちょっと前かがみで、黒い太い眉が八の字にさがって、威張った所が微塵もなく、大衆からも親しまれていた。

ところで、海軍士官は佐官に昇進すると専門域に進む。課目は砲術、水雷、航海、通信、航空等があるが、尉官時代に希望と身体適正で決定された。

鈴木は、水雷が専門（マーク）で、日本海軍で水雷戦術を最初に独立戦術として体系化したその人である。砲術が最もエリートコースとされていたが、51期は鈴木の影響もあって、水雷希望者が圧倒的に多かった。

このクラスまでは未だ航空が軽視されており、とくにクラスで優秀な者は、航空に行かせないという空気さえあった。クラストップの樋端《といばな》は当初水雷を希望していたが、後に航空に進む。次席の山本祐二は水雷へ、工藤もまた水雷に進んでいる。

鈴木中将の教育方針は、「武士道」であった。鈴木はこれに基づいて海軍兵学校で慣習化していた鉄拳制裁を禁止した。日露戦争以降、帝国海軍解体まで生きた海軍軍人の中で鈴木ほど武士道を具現した将官はいない。

1925年以降は海軍軍人も、「主義主張は部下の前で言え」と言われるくらい、官僚化してくる。ところが鈴木は妥協しなかった。正義感が強く、上司にへつらうことを嫌った。

鈴木の慧眼は、1883年16歳の時、東京にあった海軍兵学校予備校「攻玉社《こうぎょくしゃ》」で、当時教育者として有名であった近藤真琴に師事したこと、1901年7月（34歳）の時より約2年間、ドイツを中心に、欧州に滞在したことで形成された。

なお鈴木は1945年4月7日、大東亜戦争終戦工作を期待されて組閣した。それから5日後の4月12日、米国第32代大統領フランクリン・D・ルーズベルトが脳溢血で急死した。この時、鈴木首相は、同盟通信を通じてその死を悼む談話を発表している。当時これを伝え聞いた在米のノーベル文学賞受賞作家のトーマス・マンは、鈴木のこの行為を「東洋の騎士道を見よ」と絶賛し賞賛している。

海軍型破り教育

では、鈴木は当時の兵学校生徒を、どう思っていたのだろうか。

これを物語る資料は、鈴木の『鈴木貫太郎自伝』に残されている。

「江田島という所は空気が明朗な所で、同時に一般の気風も良い所ですし、こういう所なら一生校長をしていても良い、特に若い無邪気な生徒の相手をしていたのですから誠に愉快なご奉公でした」

「兵学校では格別なお話もありません。時々生徒を集めて訓辞や講話をやる、日曜日には生徒が来るというようなものです。それが入れ代わり立ち代わり、いつも三、四十人遊びに来ました。

それが一つの教育にもなると思いましたから、いろいろな話をしたり、お汁粉を作ったり、寿司などを作ってご馳走したりしました」

「兵学校時代私の感じたことは、生徒が私の宅に来て話す間に歴史のことを訊ねて見ますと、誠に当時の中学校の教育に欠陥がある。歴史の知識が欠乏している。特に日本史がそうだ。

これでは、国民の精神を振作する上に面白くないと思いまして、それから武士道教育をしたいと思いまして、特に一週間に一時間でも良いからこういう方面の教育のために時間を与えたいと思って、橘親民という文学士の教授に頼んで、歴史から『武士道発達』の調査をしてもらって生徒に話してもらうように依頼しました」

「徳育の方面でもその当時、広島の高等師範学校の校長さんで吉田賢龍という人に依頼して、毎週一回学校へ来てもらって生徒に講話をしてもらいました。その人は哲学に明るい人格者で、教育の方面では有名な人で、高松宮殿下にも、そういう方面のご教育を申し上げたわけです」

鈴木はまた、生徒の自主性を涵養することに努めた。

「自主的研究心を必要とす」と題してこう力説している（1920年7月）。

「兵学校教育に於ては兎角他より知識を注入せらるる傾きありて自ら依頼心を生するに至ること常とす之れ大に警戒せさるへからさることなり

我日本海軍は既に大に発展せる今日凡て独立独歩の覚悟なかるへからす曽て日露戦役以前に於て外人は諸種の方面に亘り吾人に教示したるも同戦役後我国威発揚し其強大なる所以を世界に披瀝したるに彼等は忽ちにして吾人に対し秘密主義を採るに至れり就中英米の如きは其主なるものなり此の意味に於て吾人は拝英米主義を廃し自立独歩の大覚悟を要すべきなり」

鈴木はこれと前後して、生徒にゆとりを持たせるため、日課中、自由時間を多く設定した。これが60期以降（1932年卒業）と決定的に異なる。

まず夕食後、監事の「開け」の号令から自習時間開始までの間、約2時間は全く自由とした。

これは、鈴木の後任の千坂、谷口の両提督も踏襲している。

生徒はクラブ「養浩館」に行って、ピアノを弾き、あるいは「江田島羊羹」をほおばった。

また夏期日課時は、夜9時、巡検（点呼）後、屋外での納涼が許されたので、生徒は校庭を散策、八方園に登ったり、巡洋艦「明石」のマストの下の救助網の上に寝っ転がって、月を眺め、星を賞《め》でた。
ちなみに「明石」は2800トン、国産第1号艦で第一次大戦時、連合軍艦艇護衛のため地中海で行動した時の旗艦（第2特務艦隊旗艦）であったが、廃艦になったため、そのマストを江田島に移設してあった。

工藤は2学年に進級したある春の日の出来事を、こう語っていた。
日曜日、クラスメートの有坂磐雄や愛甲文雄から誘われて（いずれも後海軍大佐）、カッター（手漕ぎボート）で瀬戸内海を帆走した。無風の時は、オールで力漕するが、通常は帆を張ってヨットのように水上を走るのだ。12名のメンバーには他に、武義照、小園安名らがいた。

武、小園とも後にパイロットになるが、武は1928年3月、飛行艇操縦訓練中殉職し（大尉）、小園は終戦時、厚木航空隊司令（大佐）で戦争継続の反乱を起こしたため抗命罪で大佐の階級を剝奪されている。しかし部下の信頼は厚く、戦後、「海軍の西郷隆盛」と呼ばれ、旧部下たちによって官位回復運動が展開された。

話を戻そう。
この時、有坂が持ち込んだ小箱から電線を引っ張りだして艇尾からマスト、マストから艇首にそれをつなぎ始めた。

クルーが目を白黒させている間に、有坂が電話受信機のようなものを耳に当てて、1人で悦に入っている。工藤は「何だそれは」と、その受信器をとりあげて、耳に当てた瞬間びっくりした。

有坂は、電信担当の下士官を買収して、無線講堂に発信機を備え付け、音声電波を発信させていたのである。

これは、１９２１年のことだ。日本でラジオが出来たのはその4年後の１９２５年。ＮＨＫラジオの全国放送網が完成したのは、１９２８年11月5日であった。

実は、兵学校はこの計画を充分察知していたが、生徒の自主性と個性を育成しようと知らぬふりをしていたのである。

有坂は軍人志望とは思えず、工業学校に入ったかのような振る舞いで、机の中はいつも汚く、ノコギリ、はんだ付けの道具、電線、銅板ばかりであったという。教科書はというと、バッグに入れて机の脇のフックに掛けたままであった。

年に2、3回ある生徒館点検の時は、雑物をシーツの中に投げ込み、それをくくってサンタクロースのように肩にかつぎ、酒保（売店）の職員に預けた。そして点検が終わると、また雑物を持ち帰り、そのまま机の中に投げ込み、何事もなかったようにどこかへ去ったという。

工藤は後に有坂を、「兵学校の最大奇人」と回顧していたという。

海上自衛隊でこういうことをすれば、忽ち懲罰の対象となるのだ。まず時間的ゆとりが全くない。行事と学科試験が目白押しで、これをいかに要領よくこなすかで成績がつけられる。そして、ハンモックナンバーとして、その後の昇進を決定するのである。

有坂は戦後、物理の高校教師としてカトリックの進学校、栄光学園で教鞭をとっている。

このクルー仲間からは、後に日本海軍の発明家が2人生まれた。その1人愛甲は、真珠湾先制攻撃で威力を発揮した浅海面魚雷（91式改航空魚雷）を開発し、小園は航空機搭載用の斜め機銃を開発し、後の米陸軍航空隊B17、B29爆撃機迎撃に威力を発揮した。

兵学校の運営に懸念されることもあった。当時の青年に退廃ムードが蔓延し、加えてロシア革命によって階級闘争的な思想が日本にも浸透していることであった。

鈴木は、生徒にこう訓示している。

「世間一般の青年は其気概に於て大に欠ける所あるは何故に斯く気概の欠くるに至るやを研究するに試に当今の思想界を観察せは例は其書き物の如き多くは局部的思想の議論偏する如く或は又多数の新聞等にも真に国家を憂へ又は如何にして日本国民を導くかに就て大局的態度を以て其根本の大精神を示さす何れも唯一局部を捉へて論する等偏重の傾きあるは其主なる原因たるへしと信す」

そして兵学校について「日本の兵学校生徒採用方法は平等にして世界中他に其類例を見ない」と強調し、「英独の（兵学校の）如きは貴族又は富豪の子弟ならされは採用せられさる規定あり又米国の如きは普通試験の外代議士の推薦なかるへからす」と、強調している。

しかし、生徒には階級闘争に興味を持つ者もいた。

扇はクラスの後藤直秀の思い出をこう語る。

「兵学校3号（1学年）の時、彼がブルジョアとかプロレタリアとかの言葉を駆使して、階級闘争理論を話し込んできたのに対し、いささか驚きもし、また私など、たじたじだなと感じた記憶が残っている」

後藤は後に、海軍大学校在校中、少佐で病死した。彼は同期に抱かれて息をひきとったという。

兵学校では一般書物の購読を規制していたが、これをすり抜ける者も少なくなかった。机の下の裏側に針金で棚を造り、月刊誌「中央公論」や恋愛小説などを格納し、生徒同士で交換もしていたという。

工藤も当時海軍士官を主人公にした恋愛小説『不如帰《ほととぎす》』に刺激されて、2学年の冬休みに恋愛小説の執筆に挑んでいる。『不如帰』は当時、ベストセラー、ロングセラーとなり芝居にまでなった恋愛小説で、日本版『ロミオとジュリエット』である。

第三章　英米、日本の大国化を恐れる！

ワシントン海軍軍縮会議

１９２１年12月、工藤は兵学校2号生徒（2学年）で、冬期休暇を迎える。

この頃、ワシントンで国際会議が開催されていた。この結果はやがて工藤のクラス、否、日本の運命を大きく変えることになる。


会議は、米国第29代大統領ウォーレン・ハーディングの提唱で行われた。

１９２０年以降、第一次世界大戦後の不況が起こり、列国は軍事費の削減に努めていたが、この会議の主要目的はあくまでも日本の大国化を阻止することにあった。

一方、１９１９年1月18日、パリで開催された講和会議で、日本全権委員が人種平等宣言の採択を提唱したため、人種問題を抱える米英を激しく刺激していたのである。

とりわけ地球の4分の1を支配する英国を激怒させた。

ドイツの敗北によって欧州を制した米英の次の目標は、アジア太平洋地域への進出であった。ここに日本の存在が障壁になってくる。

1921年12月、米統合参謀会議は、「予想される将来において、最大可能の敵は日本である」という報告書を作成していたのである。

1922年2月6日閉幕したワシントン会議において、以下の条項が日英米間で決定された。

① 海軍の戦艦保有比率、米英日、それぞれ、5・5・3とする

② 4カ国条約（太平洋諸島の現状維持）

③ 9カ国条約（中国に於ける日本の特殊地位の否認、機会均等を決定）

当然日英同盟は破棄された。またこの条約に基づいて我が国は、第一次世界大戦で敗戦国ドイツから得た山東半島の利権を中国に返還し、「対華二十一箇条」の一部を撤回した。

条約受諾前夜、海軍随員の中から条約案の受諾について猛烈な反発が生じていた。

とくに加藤寛治中将（海兵18期、後大将）らは、「アングロサクソンによる世界支配」と揶揄していた。

全権、海軍大臣加藤友三郎大将は、加藤寛治中将ら反対派を1室に集め、以下の発言をして条約締結を承伏させている。

「国防は軍人の占有物にあらず、戦争もまた軍人のみにてなしうるべきにあらず。国家総動員にて当たらざれば目的を達し難し。ゆえに、一方にては軍備を整うると同時に、民間工業力を発達せしめ、貿易を奨励し、真に国力を充実するにあらずんば、いかに軍備の充実あるも活用するあたわず。平たくいえば金がなければ戦争はできぬということなり」（「海軍記録文書」）

加藤大将のリーダーシップは抜群であった。彼は日本海海戦において連合艦隊参謀長を務め日本海軍勝利の礎を作った男である。兵学校生徒時代、当時江田島に在校していたアーチボルト・ダグラス英海軍少佐（後大将）の薫陶を受けていたのである。

加藤友三郎大将は、1922年6月12日に総理に就任するが、翌1923年8月24日、大腸ガンにより62歳で死去した。日本の歴史家の中には、「加藤大将があと10年長く生きていれば、日米戦は回避できたであろう」と発言する者もいる。

加藤大将の英断の裏には、日本の国力を確実に分析していたことがある。

当初、第一次大戦景気で国際収支は改善し、八八艦隊構想実現に国力を傾注していたが、艦艇建造費の伸びが国家予算のそれを上回り、財政を圧迫するようになった。

1916年、国家予算6億2000万円に対し、海軍予算1億2000万円、17パーセントを占めていた。ところが、1921年になると、国家予算15億9100万円に対し、5億2000万円、31・5パーセントを占めるようになる。要するに、5年間に国家総予算は、164パーセント伸びたなかで、海軍予算は392パーセントも伸びているのだ。これに陸軍予算も含めると、1921年時点で、国家予算の42パーセントが軍事予算で消費されたことになる。

大蔵省高官は、「日本財政を生かすも殺すも海軍しだい」と、公言するようになっていた。

これをもって、海軍リベラル派の提督の中には、「米国とは戦うべからず」という暗黙の認識が生まれていた。

ちなみに1941年大東亜戦争開戦時、日米両海軍の戦力差は、日本が総艦艇数で233隻（総トン数97万6188トン）であったのに対し、米国389隻（142万6000トン）であった（対米比68パーセント）。ところが米国は開戦の5カ月前、1940年7月、すでに下院海軍委員会で海軍拡張案を可決、総トン数295万トンに拡張することを決議していた。

帝国海軍は、対米艦艇保有比率が32パーセントに下降することに焦燥し、これに対抗しようとするが、工業生産力はすでに限界に達していたのである。さらに開戦以降、米国は海軍拡張法案に加えて戦時緊急増産体制を敷き、日米の艦艇保有量格差は著しく拡大していったのである。

１９２２年1月1日、工藤、兵学校2学年の元日の日記には次の所感を述べている。

「一年の計は元日にあり、本年は東宮殿下摂政とならせられ給ひし、第一の新年なり、華府（ワシントン）に於ける平和会議も殆ど成就し、国家の為に慶すべきの時なり、其の他あらゆる方向に於て一大革新を要する時なり、
海軍と言ふ局部に見ても軍備制限の実現に際し一大革新を要する時なり、
余等は陛下が股肱《ここう》と頼ませ給ふ軍人なり、軍艦を制限したるが為に我が国防を危くするが如きことあるべからず、余等は意気と技術とによりて之を補はざるべからず（我々は、士気と技術によって劣勢保有比率を補うべきだ）、即ち、余等は益々奮励努力、智を磨き、技を練り、人格を養ひて強健なる身体を以て、一誠以て陛下並びに国家の信頼に沿はざるべからず、

上に英明なる（陛下並に）摂政宮殿下あり（ここで陛下とは大正天皇をさし、摂政宮殿下とは後の昭和天皇をさす）、下に意気あり、技倆あり、内容充実し健全なる身体を以て、一死国に報ひんとする将校、下士官、兵あり、背後に自覚せる国民の熱誠勇敢なる援助あらば世界何れとしても恐るるなし、而して近来種々の思想起こり、知識階級にも非国家的思想を有するものあり、甚だしきは、是非善悪の判断し世を指導すべき学者に於てすら誤れるものあるは慨嘆に堪へず」

種々の思想とは共産主義で、１９１７年に起こったロシア革命に共鳴する文化人が日本に増えていた。

この日記をしたためた冬期休暇は20日あったため、工藤は種々の思索が可能であった。日記の中で注目すべきこと1点を紹介しておきたい。

京都から東京への車中「京都の学生を見ての感想」。

「彼青年学生を見る、意気あり元気溌溂たるべき彼等は、青白き顔色をなし、徒に服装を飾り、贅沢なる絹足袋を穿き、俗塵の中を徘徊し、彼等の体格を見、我兵学校生徒を思ひ見る時に如何にも彼等の病的なるを思はずんばあらず、

将来我が帝国を担うべき彼等が多くは奢侈遊惰にして、物質的に流れ、如何に頭脳明断なりとするも、斯くの如く貧弱なる身体を有するを見る時、国家の為に憂へざる

を得ず、彼等の日常生活、思想、品性を仔細に見る時、実に唾棄すべきものあらん、之れ余が皮相の感なるやも知れず、然れども彼等の全部にはあらずと雖も少なくとも其の半はかくならんと信ぜらる」

この頃、我が国が最も警戒したのは日本への共産主義思想の浸透であった。1922年7月15日、この日記が書かれた7カ月後、日本共産党が非合法に結成されている。

工藤、大海に船出する

ワシントン軍縮条約調印後、海軍はこの条約を履行するため、戦艦2隻「長門」「陸奥」を生かし、戦艦「加賀」と巡洋戦艦「赤城」を航空母艦に改造、建造中の戦艦「土佐」を砲撃によって処分し、建造開始間もない6隻は船台で解体、条約が失効するまでの14年間、主力艦の建造を凍結した。

この光景を見た士官の間には、「海軍が解体するかのように見えた」という表現さえ残っている。

しかし皮肉にも巡洋戦艦「赤城」と戦艦「加賀」は空母に改造され、大東亜戦争において日本機動部隊の主力空母として活躍し、米英両海軍を震撼させる打撃力を発揮することになる。

一方、軍縮に伴って兵学校の採用人員も大幅に削減された。1922年度（53期生徒）の採用人員は一挙に50名となった。従来の80パーセントの削減である。しかもこれは、本来不要であるが、「兵学校の伝統継承のため止むなし」という程度のものであったという。

さらに海軍は、在校中の50期から52期までの300名枠クラスの生徒に、「転進」を問いかけ、任官を迷う者には退校を勧めたのである。

1922年8月、工藤2学年時、教頭兼監事長（副校長）丹生猛彦大佐（海兵30期）が、夏期休暇を前にして帰省する生徒に、こう訓示している。

「ワシントン条約の結果、海軍生徒の減員もやむなきに至った。ついては諸子が自発的に退校することによって、本条約の実施に協力してくれることを望む。休暇帰省中に諸子自身本問題について熟慮し、父兄ともよく相談して自発的に退校するか残留するかの意志を決定したうえで帰校してもらいたい」

1923年7月14日、第51期生の卒業の日がやって来た。兵学校の年間行事の中で、卒業式が最大の行事である。陛下ご名代の宮が台臨されるため、この日ばかりは、全国民の視点が江田島に注がれた。現在、自衛隊の行事に皇族は一切台臨されない。

ところで海軍では、この兵学校卒業序列（ハンモックナンバー）がその後の昇進に大きく影響した。このため、兵学校卒業式で、恩賜の短剣を受ける優等生は、未来の提督を保証されており、全海軍、いや国民の期待を一身に担っていたのである。

51期トップは樋端久利雄（香川県出身）、次席が山本祐二（鹿児島県出身）、3席が渓口泰麿（広島県出身）、4席木坂義胤（広島県出身）で、工藤の卒業序列は255名中、76席であった。

なお4席中、3席の渓口だけが戦後まで存命し、第2代自衛艦隊司令官を務めた。

白亜の大講堂で式を終えた51期は、ただちに生徒館へ向かい、真新しい士官帽を着用し、肩章を候補生用の金筋一本に換える。そして謝恩のための祝賀会に参加する。ここでは軍楽隊がクラシック音楽を奏でる中、教官、候補生、父兄と共に歓談し、晴れの門出を祝うのである。

高畠から両親と兄が駆けつけ、工藤の壮途を祝った。

パーティを終えると、候補生は菊の御紋章が燦然と輝く赤煉瓦の第一生徒館前に集合する。間もなく、江田島湾内に停泊する練習艦隊に乗艦するため、校庭内を1列縦隊で行進しはじめた。

その隊列の進行方向右側に、在校生、教官、父兄が並び、教官、在校生の挙手の敬礼に、候補生は答礼をしつつ、桟橋に停泊する内火艇（モーターボート）に分乗するのである。姫子松と白砂を敷き詰められた校内を、純白の軍服に軍刀を持った集団が行進する光景は、壮観の一語に形容された。

候補生は各内火艇に乗艇が終わると、陸岸の軍楽隊が「オールド・ラング・サイン」（「蛍の光」の原型）演奏を開始する。間髪を入れず、今度は数隻の内火艇上に整列する候補生たちは、樋端候補生による「帽振れ！」の号令一下、一斉に脱帽し、帽子のつばの先端を右手でもち、頭上で数回大きく円を描く。すると陸岸で見送る教官、在校生も一斉にこれに応えて帽子を振るのである。

各艇、白い航跡を残しながら、それぞれの所属の艦に向かって航走を開始し、練習艦隊各艦の後甲板には、各艦艦長が待機しており、候補生は艦後部から次々乗艦して甲板上に整列する。

各艦がいっせいに抜錨し、航進を開始すると、今度は在校生がカッターに分乗し、湾口で「櫂立て！」の号令に従って、オールを一斉に垂直に上げるセレモニーを行った。

工藤のクラスまでは、卒業式のセレモニーはこのように壮観であった。

湾内には、練習艦「磐手」（９８００トン、英国製）、「八雲」（９７００トン、ドイツ製）、「浅間」（９７００トン、英国製）の３隻が錨泊しており、出港準備を完了していた。

工藤は、「八雲」に配属された。

「八雲」艦長は宇川済《わたる》大佐（海兵28期、後中将）、指導官は今泉利清少佐（海兵36期、後大佐）である。当艦には、卒業序列３席の渓口泰麿を長として、81名が乗艦した。

岩手出身の三浦義四郎、山形出身の大井篤、興譲館同窓の近藤道雄も一緒であった。

三浦はバイオリンの名手、少尉任官後、個性が強く上官に嫌われ進級が遅れたが、大東亜戦争中、空母「赤城」の航海長として天才的な航海術を発揮した。さらに戦後は、岩手県今泉市の市長として活躍した。

候補生は、少尉に任官する前に、練習艦隊に乗り組み、内地巡航、遠洋航海を体験させられた。要するにインターン旅行である。

51期は、これから３カ月にわたる内地巡航を経て、10月31日まで約６カ月をかけて豪州、及び南洋群島を航海するのである。

内地巡航は、遠洋航海の準備段階として、訓練もさることながら、自国の情況を把握するのが目的であった。

一方、遠洋航海は、海軍士官としての見識を高めるほか、国際親善に寄与した。

遠洋航海のコースは年によって異なり、地中海コース、米国コース、豪州コース、世界一周コースがあった。ちなみに遠洋航海が完全な形で行われたのは、1938年までで、翌1939年卒業クラス67期はハワイまでのコースで終了、その次のクラスからは取り止めとなった。

遠洋航海を終えると、約半年間、各艦艇に分散乗艦し、最終仕上げを行う。少尉に任官して後は、陸上にある「水雷」、「航海」、「砲術」の各学校（普通科）に、それぞれ約半年学び、中尉、大尉に進級する。

その後は、前記のいずれかの高等科に進み、その科目を専門としながら、艦長になっていくのである。将官を目指す者は、さらに大尉の頃に、海軍大学校を受験した。

練習艦隊は、内地巡航の壮途に就いた。艦隊は瀬戸内海を西航し、豊後水道を南下して太平洋に出る。

兵学校時代は、小型の練習艦で瀬戸内でのみ訓練したが、外洋に出ると、うねりの振幅が全然異なり、船酔い者が続出した。盆地育ちの工藤も、当初これにはそうとう参ったらしい、指導官今泉少佐は、船酔い候補生を艦橋の下に集め、その候補生を二分し、前後列からそれぞれスタートさせて、マスト登りを競争させた。負けたチームにはもう一度マスト登りをさせるのだ。

工藤はこの時生きた心地がせず、「なんで海軍に入ったのだろう」と独り言を言ったそうである。

マストは艦本体より数倍高い位置にあってその振幅は比較にならない。しかも高所に弱い人間であれば恐怖感さえ覚える。しかしこれをクリアーできれば、船酔い候補生も船に急速に慣れてくるのである。

艦隊は、こうして江田島を出て3日後の7月17日、横須賀に到着し6日間停泊した。この時、各艦に機関学校、経理学校出身候補生合計180人が乗艦する。

7月18日には、各科候補生は上京し、天皇陛下拝謁、摂政宮殿下拝謁、海軍大臣財部彪《たからべたけし》大将（海兵15期）、軍令部長山下源太郎大将の訓示を受けている。この時の総理は、加藤友三郎海軍大将である。

総勢435人の各科候補生を乗せた練習艦隊は、7月23日横須賀を出港する。鹿島灘を北上して室蘭に寄港、津軽海峡を西航し大湊、新潟、舞鶴を経て朝鮮へ航行した。

その後、鎮海、仁川、大連、青島を巡航する。

9月1日昼、艦隊が青島を出港し、佐世保に向け航行を開始した頃、関東地方をマグニチュード7・9という激震が襲う。関東大震災である（ちなみに阪神大震災はマグニチュード7・2）。

練習艦隊は、2日午後から日本海で艦隊運動訓練を行っていた。午後3時半、練習艦隊に連合艦隊司令部より至急電が入る。「関東大震災発生」、「各艦艇東京湾に急行し、救助活動せよ」という内容であった。

艦隊は直ちに訓練を中止して全速力で佐世保軍港へ向かい、9月3日に接岸した。ここで燃料の石炭を満載し、水、食料の補給を行うと共に、候補生、乗員総出で、陸岸に集積された救援物資を各艦に積載した。

日没後積載は完了し、艦隊は外洋に出てからは全速力で航走を開始した。九州南端を回って、9月6日にようやく東京湾に到着した。

工藤の回想では、「震災の惨憺たる状況は前代未聞であった。練習艦隊が入港した時、東京湾には連合艦隊主力はすでに集結していた」と、父親に書簡を送っている。被災国民は、艦隊の勇姿に「万歳」を叫び、家屋を失った失望感を癒していた。

8日以降、練習艦隊3隻中、毎日1艦は横須賀軍港と静岡県清水港の間を往復し、避難民を回送し、帰途救援物資を被災地区に輸送している。練習艦隊で清水に輸送した被災人員は12日間で総計1万1500人を数えている。

艦隊の救援活動は9月21日をもって終了。呉経由宮島沖に錨泊してカッター競技会を行い、また厳島神社参拝、弥山《みせん》登山を行って浩然《こうぜん》の気を養いつつ、遠洋航海の準備を整えたのである。

51期はこのような経緯から、「震災候補生」というニックネームが付けられた。

海軍士官インターン航海

51期遠洋航海部隊は、11月7日、横須賀を出港した。その前、艦隊各下士官以上の乗員は皇居に参内し、摂政宮殿下に拝謁している。

世相は、8月24日に総理海軍大将加藤友三郎が病死し、9月2日より海軍大将の山本権兵衛（海兵2期）が組閣していた（第2次山本権兵衛内閣）。

またこの年3月10日、第3次広東政府（孫文大元帥）が対華二十一箇条破棄と、日本が日露戦争の勝利で獲得した旅順、大連の返還要求をしてきた（条約では租借期限は2005年）。日本政府はこれを拒絶していた。

海軍はこういう多事多難の時、しかも関東大震災で国家財政が甚大な被害を被っていたにもかかわらず、遠洋航海の日程に、いささかも変更を加えなかった。

11月7日、練習艦隊は、横須賀在泊艦艇の登舷礼を受けて出港、南下した。

11月11日、最初の寄港地上海に入港する。ここには英国支那艦隊司令長官レベンソン大将がおり、礼砲17発を交換して入港した。その後レベンソン大将は表敬のため、旗艦「磐手」（艦長・海兵29期、米内光政大佐）に来艦、艦上で儀仗隊による栄誉礼を受けている。

艦隊は、これから東南アジアを経由して豪州を一周し、内南洋を北上して帰国する。期間は約5カ月、行程1万8000マイルである。内地巡航約3カ月、行程約6000マイルも経験しており、通算8カ月、2万4000マイルを練習航海したことになる（この距離を簡潔に述べると、赤道上で地球を1周し、さらに4000キロ強重ねて航海した距離となる）。

寄港地を詳述すると、上海を出港して南下し、マカオ、香港、マニラ、シンガポールを経て12月15日午後8時20分赤道を通過、17日にバタビア（今のジャカルタ）に入港する。

赤道通過の際の赤道祭で、工藤の乗艦する「八雲」の候補生の一部が羽目を外して衛兵司令より大目玉を食らい、次の寄港地バタビアでの自由外出、パーティ参加禁止処分を受けている。

これは、候補生は飲酒禁止とされていたのが、僅かに酒が出たので（入手したので）、全員酩酊し、候補生室で陽気に唄ったり踊ったりしているのを衛兵司令に発見されたのである。入り口近くにいた者は、衛兵司令の入室を発見し、しらふを通したが、奥にいた者5、6名は、現行犯逮捕となったのだ。

工藤は難を逃れた組であった。

気候は、マカオまでは冬服を着用するが、香港以降は、白一色の夏服となる。ところが熱帯の気候から、病人も発生した。とくに工藤乗艦の「八雲」から病人が続出する。マカオで2等水兵3人、シドニーで水兵1人が入院、バタビアでは2等機関兵1人が病死した。

艦隊は赤道を通過し、バタビアに寄港、12月21日に同地を出港し、オーストラリア南西岸フリーマントルに29日に入港した。ここで元旦を過ごす。

工藤はこの時生涯忘れ得ぬ体験をする。

扇と2人でフリーマントルからパースまで汽車で旅行した時のことである。汽車のコンパートメントに同乗していたギリシャの青年と意気投合した。青年は艦まで2人を見送りに来てくれた。

工藤は、この青年がギリシャ文明の衰退を慨嘆していたことに強い印象を受けたというが、まさか23年後、我が国が敗戦を迎え、これと同じ境遇を味わうとは、夢想だにできなかったであろう。

1月3日、フリーマントル出港、オーストラリアを反時計回りに回航する。豪州南岸メルボルンを経由して東岸に移り、ホバート、シドニーを経て、ニュージーランドのウェリントン、オークランドに入港した。

その後オークランドを出港した艦隊は、北上して仏領ニューカレドニアのヌーメアを経て英国政庁のあるラバウルに入った。そして当時既に日本の信託統治となっていた中部太平洋のトラック、パラオ、サイパンを経て帰国するコースを辿るのである。

ところが、次の寄港地パラオに向け艦隊が航海している頃、異変が起こる。「磐手」で赤痢が発生し、3月16日、艦上で3等機関兵1人が死亡した。このため艦隊は17日入港予定であったが、「磐手」のみパラオ入港を1日早め、また出港を4日早めて20日に出港、最後の訪問地サイパン入港を取り止め、3月27日に横須賀に帰投した。「浅間」「八雲」は予定通り行動する。

このコースを見ればおわかりいただけると思うが、この18年後、工藤はスラバヤ沖で駆逐艦艦長として戦い、またその後はこのクラスの数十名が、この海域や、中部太平洋で戦死しているのだ。

青春謳歌

練習艦隊は、1924年4月5日、横須賀に帰港する。侍従武官、軍令部長山下源太郎大将の出迎えを受けた。

遠洋航海から帰国して休暇が許され、工藤と近藤は連れだって帰省する。ここで2人は訃報に慟哭することになる。

2人を乗せた列車は午前5時半米沢駅に着くが、未だ暗闇であったため、2人は兵学校卒業直前に病に倒れ病魔と闘う小林の見舞いを「人の家を訪問するには適当でない」と延期したのである。ところが小林は丁度この頃、息を引き取った。小林は、この2人から遠洋航海の土産話を聞こうと全気力を振り絞って待っていたことであろう。めったに海外に行けないこの時代、海軍の遠洋航海は大変な魅力があったのだ。

工藤は休暇終了後、第1水雷戦隊旗艦軽巡「夕張」（2890トン）乗務となる。

「夕張」は、1923年7月竣工した新鋭艦で、造船の鬼才と言われ、後に戦艦「大和」（6万4000トン）建造時の総括技術責任者を務めた造船中将平賀譲博士の設計によるものである。「米英軍艦の3分の2の排水量で、それ以上の戦力を付ける」というコンセプトの下に設計された。最大速力35・5ノットをほこり、当時は世界が注目した艦である。

半年後の1924年10月20日、工藤は戦艦「長門」（3万9120トン）勤務になる。

これも当時最新鋭艦で、八八艦隊構想の1号艦であった。同型艦の「陸奥」（3万2720トン）と並んで武装、速力、防御、すべての面において、米英の戦艦を凌駕していた。「長門」は「大和」「武蔵」が就役してもなお、連合艦隊を象徴する戦艦であった。また連合艦隊の旗艦として終戦までに長官旗を掲げた回数が最も多かった艦でもある。

ちなみにこの「長門」だけは戦後も生き残り、米軍に接収された。そして1946年7月25日ビキニ環礁第2次実験に使用され4日後に沈没した。他の実験に使用された米軍艦船よりその堅固さは群を抜いていたのである。

「長門」乗艦勤務は、51期候補生の憧れの的であった。

練習艦隊時代、艦隊が関東大震災被災地救援のため、土佐沖を石炭を燃やし、もくもくと黒煙を噴き上げながら全速力で北上中、無煙で悠々と追い越していった艦である。当時、「磐手」「八雲」「浅間」は最大速力が15ノット、「長門」は26ノットがゆうに出た。今風に言えば在来型とガスタービン推進（航空機用エンジン）ほどの差があったのだ。

この直後「長門」は、前方から南下して来た英国海軍艦艇を発見して急減速していた。当時、戦艦の最大速力は各国とも最高軍事機密としていたからである。

「長門」での生活が、工藤の人生で最も圧巻であった。

お召艦に指定され、摂政宮殿下ご乗艦の下、1925年7月12日から16日までの5日間、江田島、佐伯へ航海したこと、さらに8月5日から16日、樺太へ行啓されたことである。しかも工藤は、2度にわたって甲板上で行われた柔道の天覧試合で、審判を担当させられたのである。

現在、戦艦「長門」で発行されたアルバムが残っているが、そこに摂政宮殿下、弟宮高松宮殿下（当時将校生徒）、軍令部長鈴木貫太郎大将注視の中で、柔道試合の審判をする工藤の写真が大きく掲載されている。

江田島への行啓では、兵学校53期（卒業生総数62名）の卒業式に臨まれた。その後、艦隊は南下して佐伯湾に仮泊、殿下は連合艦隊の訓練をご視察され、また横須賀帰港途上、館山湾西方海面で空母「鳳翔《ほうしよう》」（7470トン）の艦載機発着艦訓練をご視察された。

工藤が終生大事にしていたアルバムには、7月16日に、「長門」前甲板における記念写真がある。最前列に工藤少尉を始めとする青年士官が座り、その次の列中央に、摂政宮殿下と弟の秩父宮、高松宮のお2人の宮殿下がお座りになられている。さらに同列左側には、宮内大臣、侍従長等文官が、右側列には、山下源太郎以下4人の海軍大将、3人の中将、3人の少将と、計10名の将官が座っているのだ。工藤の真後ろに座るのは、呉鎮守府長官の安保《あぼ》清種《きよかず》中将（海兵18期、後大将、第28代海軍大臣）であった。

工藤はここで、興譲館先輩山下源太郎大将から激励されている。

また樺太行啓の際には、軍令部長の鈴木貫太郎大将が乗艦して来た。この時、鈴木は艦上で、殿下に対し2度にわたって国際情勢についてご進講されていた。

鈴木大将もこの時、工藤を始め51期のクラス古橋才次郎、浦山千代三郎（いずれも後大佐）を士官室に集め歓談している。

工藤は「長門」に着任した2カ月後の12月1日、晴れて、海軍少尉に任官した。そしてその後約1年間「長門」で乗務する。

一方、この時代日米関係は緊迫の度を増していた。1924年5月26日、米国政府は排日移民法を制定した。これは「有色人種中、日本人だけは白色人種に準ずる待遇を与える」というコメントを反故《ほご》にするものであった。

5月31日、植原正直大使が「重大な結果を招く」と抗議したところ、米国務長官チャールズ・ヒューズが、植原大使を「スモール・ビー」（小さなハチ）と嘲笑している。

第四章　日・米英決戦準備

世界恐慌

工藤は、1925年12月に「長門」を降りて、水雷学校普通科学生、砲術学校普通科学生を連続して履修する。そして1926年12月1日、中尉に昇進、定期移動で第2号掃海艇乗り組みを命じられた。工藤は1926年はほぼ1年間、陸上にいたことになる。

掃海艇勤務は、これまで最新鋭の軽巡、戦艦に乗務していたから拍子抜けの感があったが、海軍は、若い士官にシーマンシップを養わせる目的で、この経験をさせていた。今でも、慣洋性を育成するには、甲板が水面に近いほど効果があるとされている。

工藤に、1927年11月15日付で、駆逐艦「椿」（363トン）勤務の人事電報が届いた。

国内では1926年から翌年にかけて、中国情勢への対応をめぐって政局が混乱していた。

中国は1916年以降、国民革命党軍（中国国民党軍）と共産軍の内戦が拡大し、1926年には、国民革命党も左派と右派に分裂、さらに複数の地方政府が乱立して、もはや中国は国家の体をなしていなかったのである。

当時、日本政府の懸念は、南満州（満州とは現在の中国東北部）の権益をいかに防衛するかであった。これは、我が国が日露戦争の勝利によってロシアから譲渡されたものであり、国際条約をもって国際社会にも認知されていた。

ところが仮に中国が統一され、そのナショナリズムが喚起されれば、いずれ譲渡を求められるであろう。かといって、現状を放置すれば、中国の動乱は満州にも波及すること必至であった。

当時、2大政党を形成していた政友会と民政党は、この対応をめぐって激しく対立した。

1926年1月30日に成立した民政党若槻礼次郎内閣は、中国内戦に関し「不介入」を宣言し、「日支親善」を推進しようとして、1927年1月20日、駐日英国大使ジョン・ティリーが上海への共同出兵を提議したが、日本はこれをも拒否している。

ところが、事態は予期せぬ方向へ進む。間もなく、日本上海総領事より、「騒乱が拡大し、在留邦人の生命が極めて危険な情況にある」との至急電が総理官邸に入ったのである。

1月24日、第1遣外艦隊司令長官より、南支方面を警備範囲とする第24駆逐隊「檜」「樫」「桃」「柳」(いずれも835トン)の4隻に対し、「在留邦人保護のため同地に急行せよ」の至急電が発せられた。同隊はこれを受け直ちに急行し、陸戦隊を上陸させた。但し政府の訓令は、武力行使を禁じていた。

3月になると情勢はさらに悪化する。中国国民党軍は地方軍閥打倒のため軍事行動を起こした。目的は国家武力統一のためである。ところが、南京に入城した国民政府軍の兵士が列国領事館に乱入し、居留民に暴行を働き婦女子を陵辱した。

このため列国海軍は、暴徒を制圧するため城内に向けて2時間にわたって艦砲射撃を行った。この時、現地にいた日本艦隊だけは協同行動を拒否して発砲しなかった。

しかも国民政府軍陸上砲台より我が艦隊は砲撃を受けていたにもかかわらずである。

しかし日本政府は間もなく、日本的価値観「自分が誠意を尽くせば相手も応えてくれるであろう」という考えが、中国人には通用しないことを実感する。

南京事件の発生である。

3月24日、暴徒が日本領事館に乱入し、避難中の邦人婦女子を陵辱した。しかしこの時、同館護衛の指揮を執っていた第24駆逐隊司令駆逐艦「檜」先任将校荒木亀男大尉（海兵48期）は、政府の訓令を墨守して無抵抗に徹したのだ。

第1遣外艦隊司令部は狼狽し、荒木を召還した。そして「武を汚した」として、拳銃を渡し自決を強要したのだ。荒木は自殺未遂に終わったが、国民はこの荒木に大きく同情し、若槻内閣を激しく批判したのである。

「樫」の陸戦隊指揮官で工藤クラスの実松譲中尉（後大佐）は、当時をこう回顧している。

「『樫』は、南京の上流四八海里にある蕪湖の日本領事館警備にあたっていたが、艦長に、『いざというとき、武力を行使したい』と許可を求めたところ、『絶対使用するな！』と指示された」

「中国民衆の間では、日本の軍艦は『張り子の虎』だとか、『砲弾を発射する火薬もないそうだ』と嘲笑されていた。南京事件のときは、英米の軍艦など、二時間にわたって砲撃していたが、日本海軍は一発も砲撃していない。日本は、自分だけ好い児に

なるつもりだったらしいが、こちらの思惑どおりにはならなかった」(『米内光政秘書官の回想』実松譲著・光人社刊)

こうした民政党の政策に、国民は「軟弱外交」と批判を加え、マスコミは「暴支膺《よう》懲《ちょう》」を叫んだ。

ところで、これから本書に登場する中野武治兵曹長は、この頃、10歳であった。当時、日本の青少年はこのような情勢に義憤を感じ、帝国陸海軍軍人になって国威を守ろうとする使命感に燃えていた。

1927年4月20日、今度は暴支膺懲の民意に応えて、陸軍大将で政友会総裁の田中義一が組閣する。田中は、満州軍閥の巨頭張作霖を支援し、満州独立を達成させようという構想を持っていた。

そもそも満州族と現在の中国を統治する漢民族とは敵対関係にあったのだ。とくに1616年から296年間、中国は清帝国によって統治されたが、これは満州族の国家であった。

現代中国建国の父とされ、中国国民党を創設した孫文は、この清を倒すためたびたび来日し、満州を日本に譲渡すると公言しながら、清国打倒のため資金を得ていたのである。

１９２７年には、蔣介石指揮する国民革命軍が北京東方にあった清朝五帝陵墓を徹底的に破壊し、埋葬されていた清朝皇后の鳳冠《ほうかん》の宝珠を略奪し、夫人宋美齢の靴の飾りに使用したほどである。

１９２７年5月28日、田中義一首相は対支那強硬外交を開始、居留民保護を名目に、山東省に出兵する（第１次山東出兵）。これには、南京事件で激昂していた国民感情も沈静化し、英米も支持した。中国の赤化を恐れていたからである。

しかし中国国民党軍を率いる蔣介石は、１９２７年4月にクーデターを起こし、党内の共産党分子を一掃し、反共ナショナリストを内外に表明した。ここで英米は、蔣を支援することになる。

ところが田中は、蔣が北閥を理由に満州に影響力を及ぼすことを警戒した。このため、蔣の北伐に同意しなかった、これに対し蔣が独断で北伐を開始すると、１９２８年4月20日、再び山東に出兵し、蔣の軍事行動を妨害する。

今度は英米両国が対日姿勢を転換し、日本批判を開始した。米英両国はこの頃から対日姿勢を硬化させていった。その後中国国民党は日本が侵略者というプロパガンダを世界に向けて発信するようになる。

ここで、1927年11月下旬の工藤の動きに話を戻そう。

「椿」は同型艦「桑」、「槇」(いずれも850トン)と共に第1遣外艦隊第9駆逐隊に属していた。

工藤の親友正木生虎中尉(後大佐)が「槇」に乗務しており、また第9駆逐隊は旅順を母港として、遼東半島、満州沿岸の北支方面を警備していた。

工藤は「椿」乗務の人事電報を受けたとき、「正木に会える」と欣喜《きんき》したが、着任と同時に艦隊に緊急出港命令が下った。

「長安丸」事件が発生した。満州軍閥張作霖の部下がクーデターを起こして失敗し、天津に逃亡した。張はこれを捕らえるためとして、大連汽船埠頭に停泊していた日本汽船「長安丸」を不法臨検したのである。第9駆逐隊は直ちに出動し、日本船舶を保護すると共に、張に謝罪させた。

1929年10月24日、ニューヨーク株式市場が大暴落、世界同時恐慌が起きる。

この直前、日本経済はすでに深刻な状況を呈していた。第一次大戦後、欧州諸国が復興するにつけ、我が国は大戦中、一時獲得していた輸出市場を失い、国内も外国製品に押しまくられていた。これに関東大震災による不況が加わった。1923年後半から1928年にかけての日本経済は、あたかも第一次大戦中の蓄積を食い潰しながらじり貧に追いまくられる状況であった。

そして1927年3月14日に金融恐慌が起こった。国内の中小企業は次々に倒産し、三井、三菱などの財閥に吸収されていった。また、巷には失業者があふれ、貧富の差は拡大した。

日本経済の危機に世界恐慌が追い打ちをかけた。まさに日本経済は腹背からパンチを受けたことになる。

世界同時不況は深刻化して行き、欧米列強は「国際協調」などと悠長なことは言えなくなってきた。英、仏両国は、その広大な植民地圏内にブロック経済を確立し、資源大国の米ソは、国内の資源を再配分して急場を凌いでいた。言うまでもなく、各国とも国内産業保護の立場から輸入品には膨大な関税を課してくる。

当然、恐慌の直撃を受けたのが日本だった。さらに我が国には深刻な食糧問題も生じていた。国内の人口増加に伴い、米を主とする食糧の自給率が著しく低下しつつあった。

ここで「満州は日本の生命線」というフレーズが国民に定着していったのである。

日本海軍硬化す

工藤は1929年11月30日、28歳で、同期のトップからは1年遅れで、海軍大尉に昇進する。何が原因で昇進が遅れたか特定できないが、操艦は今でこそレーダーが発達して指揮官の裸眼視力が問題ではなくなってきたが、工藤はこの頃強度の近視を患っており、荒天時にはかなりのハンディがあったようである。

この前11月1日付で、工藤に駆逐艦「旗風」(1270トン)航海長への配置が発令された。初めての長配置である。

「旗風」は、青森県大湊を母港として、カムチャツカ方面の警備任務に就いていた。これは、同方面で操業する日本漁船の保護が主任務であった。当時、日本漁船の操業を牽制しようとしたソビエトの警備艇は、日本海軍の艦艇を見るやあたふたと反転して立ち去ったという。

この年、工藤は伴侶を得て至福の時を過ごす。「旗風」乗務の約1カ月前、10月18日、故郷高畠町の素封家で、造り酒屋の娘増淵かよ(当時23歳)と華燭の典を挙げた。夫人の実家は戦後、事業に失敗して離散し、現在高畠には血縁者は居住していない。

ところで1929年から翌年にかけて、海軍は大きな転換点を迎えていた。ロンドン海軍軍縮条約締結をめぐる部内の分裂である。従来、海軍部内では親英米派が主流を占めていたが、この分裂の結果、勢力は逆転することになる。

この背景を述べておきたい。

1929年7月2日、田中義一首相の後を受けて民政党の浜口雄幸が組閣する。当時日本は不況のまっただ中で、田中内閣末期、国債は100億円を超え、国家財政は危機に瀕していた(1923年度国家予算の約30倍)。

当時の日本は不幸であった。冷害が続き、日本人の主食である米の生産地が集中する東日本は凶作にあえいでいた。この結果、農民は貧困にあえぎ、自殺、娘の身売りが急増、飢餓人口は50万人を超えた。

そこで浜口は外務大臣に幣原《しではら》喜重郎を起用し、対支那友好推進と民力休養を謳い、減税、軍縮を図って財政の安定化を目指した。国民も当初これを期待していた。

折しも1930年1月11日、英首相ジェームズ・ラムゼイ・マクドナルドの提唱で、ロンドン軍縮会議が催された。

米英は我が国に対し、ワシントン会議で主力艦の保有に関し劣勢比率を課したが、今度は、補助艦艇（巡洋艦、駆逐艦、潜水艦）にまでその範囲を広げようと画策していた。先述したように、日本海軍の科学技術の進歩は凄まじく、水上艦艇のみならず潜水艦も一級品を自主開発できるようになっていたのである。

日本海軍とくに軍令部は、先のワシントン軍縮会議で課せられた主力艦の劣勢保有比率を、補助艦艇の充実で補おうとしていたから、反発は大きかった。

言うまでもなく日本海軍創設以来の基本戦略は、邀撃漸減戦略である。要するに米艦隊が太平洋を西進して日本に到達する間に、水雷戦隊などの補助艦艇をもって邀撃を繰り返し、米国艦隊兵力を漸減させ、できるだけ米主力艦の総数を対等なまでに漸減させ、もって、日本近海で主力艦どうしの決戦を挑むというものであった。

海軍の作戦用兵を担当する海軍軍令部は、補助艦艇比率を、対英米最低7割で確保したかった。これに対し、国政に連帯して責任を果たそうとする海軍省は、軍令部の意向より総理の指針を優先した。

その後、海軍部内は、「対米英強硬策」を主張する艦隊派（軍令部）と、「英米協調」を主張する条約派（海軍省）に二分した。しかし、民意は艦隊派を支持した。その結果、1933年10月1日、内令第294号「海軍省軍令部業務互渉規定」が施行された（「省部事務互渉規定」は廃止）。これで軍令部の権限が海軍省を超越し、軍備の決定権は軍令部に移った。

　１９３１年を迎えると、内地では３月事件、大陸では中村震太郎大尉事件が発生する。

　前者は、民政党浜口雄幸内閣の対支那友好政策に反発した陸軍の壮年将校（佐官クラス）が、民間右翼と謀って、クーデターを計画したが未遂に終わった。

　後者は、6月27日、参謀本部勤務中村震太郎陸軍大尉が北部満州を旅行中に、張学良軍（満州軍閥）に殺害された事件である。

　一方、張学良は軍備を急速に増強すると共に、米英の支援を得て在満の日本権益を侵害し始めていた。また張は、国民党との連合を図った。そこで帝国陸軍は満州から張学良軍の排除を図った。

　１９３１年９月18日夜発生した満州事変がこれである。

　日本陸軍「関東軍」が満州柳条湖で満鉄線路を爆破し、これを張学良軍の仕業として攻撃、満州から彼らを駆逐した。

　翌１９３２年３月１日、日本陸軍の支援を受けた東北行政委員長張景恵（満州族出身）は、満州国の独立を宣言し、１９３４年３月１日には、清朝最後の皇帝溥儀《ふぎ》が皇帝に即位した。

一方、工藤は、1930年12月1日、軽巡「多摩」（5100トン）乗務となる。母港は舞鶴であった。大陸の喧噪をよそに、軽巡「多摩」は、練習艦で、単艦行動が多く、のどかな洋上生活を過ごしていた。

工藤は私生活もエンジョイしていた。結婚2年目の年である。折良く、興譲館クラスの近藤道雄が、第14駆逐隊「菊」（770トン）水雷長で、母港が「多摩」と同じ舞鶴であった。このため2人は、家族ぐるみの交際を続けていた。

舞鶴の生活は1年で終了し、2人は1931年12月1日の異動で、呉に転勤となる。工藤は水雷学校高等科へ、近藤は呉を母港とする駆逐艦「白雲」（342トン）乗務となった。

一方、第2次若槻内閣は軍縮を果たしたものの、金融政策で失敗し国民の支持を失った。

1931年12月11日、政友会総裁犬養毅が組閣した。犬養は金輸出を禁止して日本経済の立て直しを図るとともに、陸軍の抑制にかかった。とくに満州国承認案に反発し、「ワシントン条約に抵触する」として世論に迎合しなかった。

犬養はロンドン海軍軍縮条約調印の際は、海軍軍令部を支持して与党を攻撃しておきながら、自らが政権の座につくと直ちに粛軍にかかったのだ。

1932年5月15日、テロが起きる。海軍中尉三上卓（海兵54期、後官位剝奪）ら4名、陸軍士官学校本科生徒5名の計9名が首相官邸に乱入し、犬養首相を暗殺した。

しかし国民はこれを義挙と捉え、減刑嘆願書は150万通に達していたのである。海軍軍法会議はこの雰囲気にのまれて三上らを大幅に減刑していた。

この曖昧な処置が、4年後に大規模クーデター2・26事件を発生させる主因となっていったのである。

1932年5月26日、今度は海軍大将斎藤実（海兵6期）が組閣、9月15日に満州国を承認した。これは米英を激しく刺激した。国際連盟、とりわけワシントン会議9カ国条約調印国は我が国を批難し、1933年2月24日、「不承認」を決議した。

我が国は、これを不服として同年3月27日、国際連盟を脱退する。

一方英国は、1932年1月4日、インド独立運動を主導するガンディーを逮捕した。しかし国際連盟は問題視しなかった。

この年4月、日米関係は緊張し、米国は全海軍の太平洋滞留を表明する。日本海軍もこれを受けて、連合艦隊に対し平時即応体制を下令していた。

工藤は、１９３２年12月、水雷学校高等科を卒業し、駆逐艦「桃」水雷長に補せられる。「桃」は当時、主に揚子江流域を哨戒行動しており、緊急時には陸戦隊を揚陸できるよう訓練していた。

「桃」は１９１８年5月、第一次世界大戦の際、第2特務艦隊として地中海に行動した際、ドイツ潜水艦に撃沈された英国海軍輸送船乗員を救助した戦歴を持つ艦であった。

工藤は約1年勤務の後、１９３３年11月、第2艦隊所属重巡「鳥海」(９８５０トン)分隊長を命じられる。しかし工藤の「鳥海」勤務は僅か2カ月で終了し、１９３４年1月から駆逐艦「狭霧《さぎり》」(１６８０トン)水雷長を命じられる。「狭霧」は特型16番艦で、竣工後2年目を経過しており、当時は最新鋭艦であった。所属は第2水雷戦隊第6駆逐隊、旅順を母港として、青島方面の哨戒行動を主な任務としていた。

ここで本書のクライマックスに入る前に1人の人物を紹介しておきたい。

駆逐艦「雷」砲術科科員として活躍した中野武治兵曹長である。中野は１９１６年

2月25日、静岡県芝富村長貫に生まれ、1933年、17歳で海軍志願兵として横須賀海兵団に入隊するが、その真面目な勤務ぶりと才覚が認められ、一選抜で昇進し、28歳にして海軍兵学校専修課程入校を目前にする。ところが「雷」沈没の52日前、1944年2月20日に戦病死した。

前著『敵兵を救助せよ!』で私は、中野兵曹のことを「艦長が鉄拳制裁禁止を指示しても、古参下士官の中には兵をこっそり殴る者がいた。無理もない、下士官の中には上海特別陸戦隊帰りの一騎当千の猛者が数名いた。鬼瓦の形相とゴリラのような体型をして新兵に恐れられていたのだ」と書いた。

このあだ名「ゴリラ」こそが中野兵曹であった。しかしこの人物評は誤りであった。出版後、戦時中に中野兵曹と慰問袋が縁で文通を交わしていたという、当時小学生だった西田政嘉から中野兵曹からの書簡を見せられて、その温厚で使命感に燃えた人柄に私は深く胸を打たれたのである。しかも、中野兵曹が西田少年に送った多くの書簡の中には、当時の時代背景が端的に描かれており、このドラマをご理解いただくために、この後そのいくつかを掲載していきたい。

ここで1933年頃の中国に目を転じよう。中国大陸では日本製品不買運動や在留邦人へのテロが横行し、従来安全とされた中国中部、南部方面にも波及していった。

日本人婦女子が歩行中、突然中国人から唾をかけられたり、登校中の邦人小学校児童への投石も相次いだ。上海方面では児童が集団登校し、それを海軍特別陸戦隊が護衛するほどになっていたのである。このような排日、侮日政策は、中国民間人のみならず中国正規軍人によっても行われた。

海軍は支那方面全沿岸地域の警備任務を統括するために、1934年9月15日「第3艦隊」を編成した。旗艦は軽巡「球磨」（5100トン）、母港は旅順である。

工藤は、1934年11月1日には「球磨」水雷長を命じられる。司令長官は百武源吾中将（海兵30期、後大将）が親補されたが、12月1日付で、及川古志郎中将（海兵31期、後大将）と交代した。

「球磨」は、青島、揚子江、台湾方面と、東シナ海全域を頻繁に行動していた。工藤が所有していたアルバムの中に、南支巡航時、1935年2月2日に福州の日本人学校で小学児童に囲まれて微笑むスナップが残されている。

1935年11月15日、工藤は、軽巡「多摩」水雷長となる。これは練習艦であったため、緊張する場面は殆どなかった。

1年後、第1潜水戦隊旗艦「五十鈴」（5170トン）水雷長となる。

この頃から、日本海軍も対英米戦に向けて弾み車を回し始めていた。

１９３６年1月15日、我が国は、ロンドン海軍軍縮会議脱退を通告、12月31日には、ワシントン海軍軍縮条約失効を迎えた。そして米英との熾烈な建艦競争に突入したのである。

軍令部の一部は、米英との艦艇保有比が拡大しないうちに決戦したいという焦りさえ出始めていた。

中国の罠

１９３６年12月12日、西安事件が発生する。

中国国民党行政院長蔣介石は、中国共産党を追討する部隊を督戦するため西安に行動した。ところがここで部下張学良将軍の寝返りで中国共産党軍に監禁され、共産党攻撃中止（内戦停止）と、対日共同戦線の実施を行う約束で解放された。

当時毛沢東指揮する中国共産党軍は、蔣介石に追いつめられ消滅の危機にあったのだ。この結果、翌１９３７年7月15日には国民党軍と中国共産党が内戦を停止し、対日戦争で共同戦線を構築することで結束した。

以降、中国国民党内部でも対日強行派が勢力を拡大し、親日派はことごとく追放されていった。

蒋介石が、共産党との共同戦線を行った過ちに気づくのは、この12年後の1949年1月31日、日本降伏後に再発した内戦に敗れ、台湾に後退する時である。

一方、当時列国は国際条約に基づき、中国各地に自国民保護の名目で軍隊を駐留させていた。

これは中国国民党政府も認めていた。ところが国民、共産の両党は共同して日本軍および日本人のみを対象に攻撃を開始したのである。

1937年7月7日、北京郊外盧溝橋で中国国民党第二九路軍と日本軍が近接して夜戦訓練を実施していたところ、突然、両軍に向けて銃弾が撃ち込まれて来た。日本軍はここで3度の銃撃を受けてもなお反撃を控えていたが、4発目を撃って来た時応戦した。暗夜で実情を知らない日本軍は、二九路軍に対して反撃を開始した。

実はこれは中国共産党による挑発・発砲であったのだ、しかし日本陸軍前線部隊には国民党第二九路軍の仕業に見えていた。

7月9日、現地で日本陸軍松井石根特務機関長と中国軍秦徳純副司令官とで停戦協定が成立した。ところが二九路軍は翌10日に再び日本軍に対し攻撃を仕掛けてきたのである。

7月11日、現地で再び休戦協定が成立したが、これも間もなく国民党軍によって破られた。結局、7月19日までに計4回、現地で休戦協定が結ばれたが、ことごとく中国国民党軍によって破られ、日本軍は攻撃を受けていたのである。国民党軍総司令官の蔣介石は、9日に4個師団と戦闘機部隊を現地へ集結させた。さらに兵力増強は続けられ、19日にはこの地域の国民党軍はついに60万人（30個師団）を数えるまでに至った。

当時、この方面に展開する日本陸軍はわずか5600人に過ぎなかった。これを放置すると現地の日本陸軍は包囲殲滅《せんめつ》される恐れが出てきた。

日本政府は、7月27日、約10万人（3個師団と2個旅団）の派兵を実施した。

8月13日には上海事変が勃発する。

1938年2月当時、上海特別陸戦隊戦車隊第1小隊に勤務していた中野武治1等水兵（当時23歳）は、両親への書簡に、「支那兵は軍服も着けず、建物の間や戸の隙間、あるいは背後から突然撃って来る。戦友も多数が戦死した」と述べている。

支那事変がこうして泥沼化するなかで、英仏2カ国は国民党軍（蔣介石政権）を支援し、香港、ビルマ方面から公然と戦略物資を輸送していた。さらに米国政府は、「中国大陸からの日本軍の即時全面撤退」を主張し、軍事圧力を加えるようになる。当然、日本国民の民意は、対英米開戦へと強硬になっていった。

一方、長引く戦闘で、日本国内の状況も陰鬱になっていった。そして海軍も次第に硬直化していった。大井元海軍大佐は、この頃の部内のムードをこう批判している。

「この頃の海軍は、我々の時代と異なって、個性があるというのは昇進の面でマイナス要素とされがちだった。そして、このような没個性的な雰囲気は、海軍組織の全体をも固陋な型に嵌め込む。

そこで、発想そのものも、発想の発表もその自由自在性が殺され、組織全体の硬直老化をもたらす。

太平洋戦争の全経過を振り返り、日本海軍が示した戦略戦術といい、軍事制度や技術開発などといい、何から何までが硬直化していたことのそもそもの原因に、右のような人事の在り方が無関係とはいえまい」（「あの海あの空」1984年11月刊）

しかしこれでも当時日本国内の組織では帝国海軍はリベラルの先端にあった。海軍大学校では文官教官によるマルクスの資本論の講義も許されており、また海軍兵学校では英語の授業が終戦まで続けられた。いずれも国内では唯一の存在であった。

こうしたなかでクーデター2・26事件が勃発する。

1936年2月26日、陸軍の青年将校が1500名の実動部隊を率いて決起した。3日間首都機能は麻痺、2月28日から3月9日までの間、内閣不在という前代未聞の事件が発生した。

陸軍青年将校は、首相岡田啓介海軍大将（海兵15期）、侍従長鈴木貫太郎海軍大将、内大臣斎藤実海軍大将の殺害を謀った。いずれも海軍リベラル派（親英米派）で、鈴木と斎藤の両提督はこの前日、ジョセフ・クラーク・グルー駐日米大使主催の晩餐会に出席し、映画鑑賞をしていたのである。

総理は押し入れに隠れて難を逃れ、内大臣は殺害され、鈴木は瀕死の重傷を負った。憤慨した海軍は翌日連合艦隊を東京湾に集結させて反乱軍への艦砲射撃の準備まで行っている。この時、海兵51期クラスは、敬愛する鈴木貫太郎侍従長が凶弾に倒れたことからショックを受け、「自分から陸戦隊を率いて謀反人を鎮圧する」と興奮していたという。

一方、陸軍高官は、この機に乗じて政権を奪取しようとしたことから、陸海軍抗争に発展する恐れさえあった。

2・26事件後、広田弘毅内閣が成立する。以降、東条内閣成立まで5年2カ月間に9回政権は交代するが、海軍リベラル派にはテロの脅威が迫り、日米開戦を回避できる勢力は著しく減退していた。

無理もない、マスコミは、連日、紙面で暴支膺懲、親独的な記事を掲載していた。一方、当時の日本の政治家は政争に明け暮れ問題処理能力を失っていた。この結果、国民は軍部とくに帝国陸軍を支持したのである。

そして政治家もこの風潮に乗って、陸軍にすり寄る言動を開始していた。

さて、この頃、工藤は何をしていたであろうか。

1938年3月5日の定期異動で、初めて艦長に就任する。年齢37歳、半年前、少佐に進級していた。指揮する駆逐艦「太刀風《たちかぜ》」は、1215トン、竣工は1920年、この頃、最新鋭とされた特型の一世代前の型であった。

工藤は、「太刀風」の艦長を、1939年1月まで約10カ月務めた。母港は台湾の馬公要港部で、中国の海上封鎖が主任務であった。

この頃、支那事変は泥沼の様相を呈しており、クラスの戦死も相次いだ。

１９３７年8月15日から16日にかけて、同期のパイロット２人が、大陸上空で中国軍機に撃墜されて相次いで戦死、１９３８年７月31日には、海軍航空隊の輸送機２機がエンジントラブルで墜落、親友近藤少佐ら４人が戦死した。

工藤の悲嘆は大きかった。

「太刀風」艦長室に先任将校が、クラス４名の戦死公報を届けたところ、工藤はとくに近藤への思いは深く、「近藤、なぜ、俺より先に死んだのか」と言って嗚咽した。

工藤はこの直後手記にこう記録している。

「中学時代からの同学の士四人、二人は半ばにして病に斃れ近藤は之からと謂ふ時に戦死して、残つたのは鈍骨俺独りになつた。感慨なき能はずである」

１９４０年３月末、工藤は艦長をクラスの瀬尾昇少佐（後戦死、大佐）に譲り、４月１日より陸上勤務となる。

前半5カ月を海軍砲術学校で教官勤務、後半２カ月を横須賀鎮守府軍法会議判士を務めた。

当時、砲術学校で、指導官補佐官として工藤に仕えた服部六郎元造兵中尉（89歳）は、２００４年１月18日に、こう回顧している。

「大柄、温顔しかも豪放磊落で、一目で人を引きつけるくだけた人柄でありました」

またここで工藤から教育を受けた梅津純孝は2004年2月現在、88歳で福岡で産婦人科医院を開業しているが、服部と同様、「非常に温厚で慈悲深く、親父のようでした」と語っている。

中国戦線に視点を移そう。

日本陸軍は中国主要都市を次々と占領するが、広大な大陸では点と線の部分しか制圧できず、日本軍が転戦した後には、共産党軍が侵入し、日本軍はあたかもその代理戦争を行っている状況にあった。

しかし日本海軍航空隊は国民党空軍と戦いながらも、武士道を発揮していた。

1940年9月13日、初陣の零戦隊13機（第12海軍航空隊所属）と中国空軍約30機が重慶上空で空中戦となった。零戦はあっという間に中国空軍機全機を撃墜した（日本側被害0）。

この時、零戦を操縦していた三上一禧《かつよし》飛行兵曹（当時23歳）は、中国空軍徐華江（後中国国民党軍空軍副司令官）操縦の戦闘機を撃墜した。ところが三上飛行兵曹は墜落した徐機上空を低空で旋回しながらも、とどめの射撃を行わなかった。

徐は一命をとりとめ、戦後、自分の機を撃墜した日本海軍パイロットを探し続けた。そして、1996年に三上が健在であることを知ると、1998年に来日して、三上に謝意を述べている。

1942年に海軍パイロットの教育を受けた小川敦（77歳）は、こう回顧している。

「15歳で海軍パイロットになった時、教員からは真っ先に次のように項目を教わりました。

①　空戦中、落下傘で降下中の敵兵を撃ってはいけない。

②　沈没した船から脱出して漂流中の敵兵を撃ってはいけない。

③　戦闘力のない旅客機や客船を攻撃してはならない。

これを聞いて、海軍は抒情的な戦いをするのだなと、鮮明に感じました。ですから今でもはっきり覚えております。後年、これは武士道の惻隠の情だったのだなと気がつきました。海軍ではそれを判りやすく、最初に教えたのです」

話を戻そう。1940年3月、日本陸軍首脳は、「1940年中に事変が解決しない場合は、1941年1月から撤退を開始する」と決定していた。

ところがこの頃、日本の運命を決定づける出来事が欧州で発生する。

1940年4月9日、ヒットラー・ドイツ軍は、突如、ノルウェー、デンマークの中立国に侵入し、5月にはベルギー、オランダを占領、さらに6月にはフランスを占領した。英国もやがてドイツに降伏するかに見えた。

日本国民の意識の中に、「持たざる国ドイツ、日本」、「バスに乗り遅れるな」という主張が起こってきた。

このような国情で、陸軍を中心に、日独防共協定にイタリアを加え、三国同盟に格上げしようとする運動が進行した。

陸軍は、「仏領インドシナ（ベトナム、ラオス、カンボジア）や、蘭領東インド（インドネシア）は、仏、蘭の降伏によって空白が生じている。早くドイツと同盟を締結せねば、これらの資源地域は、ドイツの影響下に入る」と主張した。

しかし、海軍は反対した。「もし、この同盟を結べば、英米と必ず敵対する。英米と事を構えることがあれば、勝算はない」と強調した。

天皇も、日独防共協定が成立した時（1936年11月25日）、五相（首相、陸相、海相、外相、蔵相）にそれぞれ念書を提出させ、「これ以上拡大して同盟にしない」という文言を提出させておられたのである。

一方海軍の同盟締結阻止の動きは1937年10月20日より1939年8月30日（第

1次近衛内閣、平沼騏一郎内閣）をピークに漸減していった。時の海軍大臣米内光政大将、次官は山本五十六中将（海兵32期、後大将）、軍務局長は井上成美《しげよし》少将（海兵37期、後大将）と、まさに海軍最強のリベラルトリオであった。ところが山本は、1939年8月30日に連合艦隊司令長官として洋上へ、井上は10月18日に支那方面艦隊参謀兼第3艦隊参謀長としてそれぞれ転出した。

1940年1月16日、海軍大将米内光政に組閣の大命が降下した。時世は三国同盟締結へと歯車が回り始めていたのではあるが、天皇は締結阻止の最後の望みを米内に託された。

ところが組閣から6カ月後の7月15日、畑俊六陸相が突然、辞表を提出する。米内首相からの、後任陸相選出の要請を陸軍は拒否した。法規上、ここで内閣の存続が不可能となった。しかも、米内内閣が総辞職する前日7月15日には、米内暗殺計画が発覚する。この暗殺予定リストには、山本五十六中将を始め、親英米派と目される湯浅倉平元宮内大臣、松平恒雄宮内大臣、財界の池田成彬《せいひん》らが含まれていたのである。ちなみに池田は興譲館出身。第1次近衛内閣で蔵相兼商工相を歴任するなど、戦前財界のトップリーダー的存在であった。

1940年7月22日、ここで、日本の運命が大きく変わる。第2次近衛内閣が成立したのだ。

米内、山本から同盟締結絶対阻止を懇請されていた吉田善吾海相（海兵32期）が発狂し、後任の海相に、及川古志郎大将が就任した。

及川は、9月15日午後、海相官邸で、同盟締結の是非を討議する海軍首脳会議を開催した。この時出席した連合艦隊司令長官山本五十六中将は、最後の抵抗をこころみる。三国同盟を締結すれば、対米戦不可避となるとして、「反対」を表明した。

席上、山本は戦務参謀で、工藤クラスの渡辺安次中佐（後大佐）が作成した資料を提出していた。

それには、石油を始めとする日米両国の戦略物資、軍事力、双方が比較されていた。とくに、石油がいかに米国に依存しているかを強調していたのである。

しかし、及川はその後、「これ以上、同盟締結に反対すれば、内乱が起こる」と発言し、締結に賛成する。こうして日独伊三国同盟は9月27日に締結された。

日独両国は、それぞれ強大な米海軍兵力を大西洋と太平洋に分散させることにより、その戦力逓減を狙ったのである。

第五章　決　戦

オラが艦長！

工藤俊作海軍少佐、当時身長１８５センチ、体重95キロ、年齢39歳。当時の日本人としては群を抜いた体躯である。

この偉丈夫は、１９４０年11月１日、駆逐艦「雷」艦長に着任する。

この１年前、中野は上海特別陸戦隊から「雷」第１分隊（砲術科）第２砲砲手に復帰していた。また中野は１９３９年11月１日には、１等水兵から３等兵曹（下士官）に昇格していた（当時23歳）。

兵卒の最大の喜びはセーラー服、つば無し制帽から、詰め襟、つば付きの制服に変わる瞬間である。給与も大きく変わって妻帯も容易になるのだ。

一方、この時は開戦に向けての最終人事で、「雷」乗員も半数以上が入れ替わった。「雷」艦長は、1932年8月15日の竣工以来、第10代にあたり、前任者は兵学校2期先輩の折田常雄少佐であった。

「雷」は、1941年12月1日時点で、第1艦隊麾下、第1水雷戦隊第6駆逐隊に属し、特型Ⅲ型「暁」、「響」、「電《いなづま》」と4隻から編成された。第6駆逐隊は、さらに二つの小隊に分かれており、「雷」は「電」と共に第2小隊を編成していた。

僚艦「電」艦長は兵学校2期先輩で、しかも工藤の出身中学、興譲館先輩の勝美基少佐である（1943年1月、駆逐艦「谷風」艦長としてソロモン海で戦死、大佐昇任）。

工藤の艦長勤務は、駆逐艦「太刀風」以来、4隻目である。

駆逐艦の任務をここで端的に紹介しておこう。

当時、帝国海軍駆逐艦が得意とするのは、魚雷攻撃であった。ところが当時の魚雷は今のように目標を自動追尾しない。そこで最も有効な発射位置につくには、目標の1万《メートル》以内に肉薄することであった。ところがこれでは相手の射撃圏内に確実に入ることになり、魚雷発射以前に砲撃で艦もろとも撃沈される恐れがあった。

当時の駆逐艦の雰囲気を、中野兵曹は、小学5年生であった西田少年に宛てた書簡にこう表現している。

「私達水雷戦隊に奉じる者は、その任務の性質によって敵に肉薄するのですから、戦えば敵を沈めるか、我が身を海に供えるかです。

自分の艦を敵の大きな艦に衝突させて仲るか反るかを決めるのが水雷戦隊の任務であり、華であり、誇りであります。

一隻の艦が肉薄攻撃を開始したならば、（もし失敗して撃沈されたら）、そこにはたちまち肉弾二百勇士、三百勇士が出来るのであって、三勇士とか五勇士等のごとく小さな肉弾ではなく大きな火の玉となるのです。

（駆逐艦には）若くて元気で次男、三男のように家のことには余り用事のない朗かな人達が乗って居るのです」

そして、当時の緊迫した状況をこう表現している。

「連合艦隊はいつ至急出帆準備完成せよと命令が出るか判らない程、何かしら息詰まるまでになっているのがありありと判ります」（この頃中野は2等兵曹に昇進、いずれも1941年11月19日頃の書簡より）

中野兵曹は、「雷」が母港横須賀に帰港する時は、度々西田家を訪ねて西田少年や弟妹を可愛がり、寄港地からスケッチや名産品を送っている。

ところで中野兵曹のように砲術科下士官になるには抜きんでた素養が要求された。特に微積学、気象学、物理学等の知識が必要とされ、徹底的に勉強させられたのである。

中野兵曹の書簡にそれを見ることができる。日付は特定できないが、1939年8月、3等海曹に昇格するための海軍砲術学校高等科練習生の頃であると推察される。

「今私達が勉強して居るのは、知らない人は戦争のことばかりだと思うそうですが、勿論戦さのことも学びますが、地理、歴史等もやります、朝七時半から夜八時半まで、もう詰込みで頭が変になります。毎日試験は二ツづつです」

1941年11月19日、艦長伝令を務めた佐々木確治、機銃射手を務めた勝又正1等水兵ら（いずれも師範徴兵）が「雷」に着任し第1分隊に配置されるが、ここで中野2等兵曹ら一騎当千の下士官（兵曹）に徹底した機会教育を受けることになる。

師範徴兵とは、師範学校出身者を徴兵し、約2年間、駆逐艦、重巡、戦艦、航空隊に勤務させ、1等兵曹で各小学校の教壇に復帰させた制度である。

話を戻そう。

工藤は駆逐艦艦長としてはまったく型破りで、乗員はこの艦長にたちまち魅了されていく。

艦長としては珍しく眼鏡をかけており、柔和で愛嬌のある細い眼をしている。着任の訓示も、「本日より、本艦は私的制裁を禁止する、とくに鉄拳制裁は厳禁する」と発言した。乗員は目を白黒させる。

乗員とくに下士官は当初、工藤をいわゆる「軟弱」ではないかと疑った。満州事変以降、海軍も国内のムードに押されて先鋭化していたからである。

当時、連合艦隊司令長官山本五十六大将（１９４０年11月15日昇進）が、日米開戦に反対していたことから、下士官兵の間では、臆病ともとれる「軟弱」というレッテルがはられていた。

ところが工藤は決断力があり、当時官僚化していた海軍部内で型破りであった。上に媚びへつらうことを一切せず、しかも辺幅《へんぷく》を飾らず、些細なことにはこせこせしなかった。

洋上訓練が終了し、単艦行動に移った時には、「ようそろー横須賀」と号令し、速力を上げて帰港した。そして下士官兵を労り、接岸すると、非番下士官兵は直ちに上陸休養させた。

工藤は日頃、士官や先任下士官（兵曹クラスのまとめ役）に「兵の失敗は、やる気があってのことであれば、決して叱るな」と口癖のように言っていた。

しかも酒豪で、何かにつけて宴会を催し、士官兵の区別なく酒を酌み交わす。柔道は3段で、得意技は、はねごし。

着任後2カ月経過すると、「雷」乗員は僚艦の乗員に、「オラが艦長は……」と自慢するようになり、「オヤジ」というニックネームまで付けられた。艦内の士気はこうして最高潮に達していった。

「雷」について説明を加えておきたい。

『名艦物語』（「中公文庫」）の著者石渡幸二は、1933年8月行われた特別演習観艦式で見た特型を、「戦艦や重巡のような重量感はないにせよ、その姿はまことに俊敏そのものであり、しかも飛び抜けてモダンであった」と表現している。

確かに特型は凌波性に優れ、軽巡（5500トンクラス）でも難航する荒天下をスムーズに波を切って進んだ。

海軍は、このシリーズを以下の2点のコンセプトで竣工させた。

① 来るべき日米会戦に備えて、太平洋上で長期行動できること。
② 劣勢戦艦保有率を補うため、補助艦艇の武装を強化する。とくに新型駆逐艦は、武装の面で従来のそれを凌駕すること。

結果、新造駆逐艦のサイズは従来より21・7パーセント拡張され、砲力、魚雷攻撃能力は50パーセント向上した。一方、運動性能が懸念されたが、エンジン出力がアップしたため、操艦は従来型より容易となった。

駆逐艦は通常、同型艦（シリーズ艦）は、20隻ぐらいでも3、4年で全艦が完成する。

特型のシリーズは、軍縮条約下、しかも緊縮予算のもとで建造された。従って、1926年の第1号艦竣工から7年を要して、1933年にようやく最終艦が完成するといった、実に長い期間を要している。

「雷」は、特型23番艦、正確には特型のⅢ型、シリーズの最終モデルである。車であればフルモデルチェンジ直前の型で、熟成されたタイプと言える。しかもⅢ型は、外見的にも独特のものがあった。2本ある煙突のうち、艦橋直後にある第1煙突が、従来型に比べかなり細くなっていることだ。

これは、ボイラー建造技術の向上により、従来4基積んでいたエンジンを、3基でカバーできることになったことによる。従って、1番煙突は従来の2基から、1基の排煙のみに使用されることとなった。

特型の欠点は、重武装しているため、重心が高く復元性に問題があったが、Ⅲ型は元来4基あったエンジンを1基減らしたため、さらにそれが顕著になっていた。

帝国海軍はロンドン軍縮会議で、我が国に課せられた劣勢比率を、船体の重武装化と、訓練によって補おうとしていた。この弊害は間もなく露呈する。

1934年3月12日午前4時12分、第21水雷戦隊水雷艇「友鶴」(600トン)が、佐世保港外で、荒天航行中に斜め後方から受けた波が原因で転覆し、死者101人を出した。同艦は、ロンドン軍縮会議の後建造されたもので、1クラス上、2等駆逐艦(820トン)並みの武装を載せていたのである。

続いて1935年9月26日、「第4艦隊事件」が発生する。演習中の連合艦隊が風速50メートル以上の大暴風雨に遭遇した。空母艦橋圧潰、重巡艦首外板亀裂、とりわけ特型駆逐艦「夕霧」は、艦首が破断、また「初雪」第1煙突の根元に6・5メートルの亀裂を生じた。あわや船体が真っ二つになるところであった。

その他の「特型」数隻の舷側板にも亀裂が発見され、艦体は破断寸前であったことが判明した。

このため海軍は、就役中の各艦艇の強度を補強することにした。とりわけ特型は艦橋の小型化や甲板上の構造物に軽合金を使用するなどの改良を加え、重心の低位化と、艦体の補強を図った。

全特型の補強及び改修は、1938年にようやく完了した。

E・O・ライシャワー著『ライシャワーの見た日本』（林伸郎訳、徳間書店刊）には、恐らくこの経過を仄聞して書かれたのであろうか、以下の記述がある。

「彼らは戦艦を建造したと力説するが、それは頭デッカチで、いつも転覆してしまうしろものなのだ」

1936年以降、「雷」は日米会戦に備えて本格的に活動を開始していた。

中部太平洋諸島の測量に従事するとともに、従来、日本海方面の行動にしか慣れていなかった乗員に、南方の炎天下での行動にも耐えられるように、酷暑訓練を実施した。

1937年7月には、第2次上海事変が発生、在留邦人の安全が極めて深刻な状況に置かれたため、陸軍および海軍陸戦隊を、内地から急派するため、高速ピストン輸送を敢行した。

1941年1月、開戦の11カ月前、「雷」はおとそ気分もさめやらぬなか、直ちに訓練にかかった。軍歌にもなった休日返上の、月月火水木金金体制である。

1月31日には、連合艦隊が有明湾に集合し新春の総合訓練を開始していた。

3月1日、「雷」は海南島に哨戒行動した。

4月23日には、国際情勢悪化のため、「雷」は再び南支那海方面に哨戒行動する。

中野2等兵曹（当時25歳）は、西田少年に次の手紙を送っている。

「弾丸も油も、食料も満載して胴体の赤いところ（喫水線）は水面下になってしまいました」

また青年学校を卒業して乗艦して来た新兵の東北なまりをおもしろおかしく紹介しながら、こう付言している。

「海に慣れきれない新兵さんは可哀さうです。ご飯が（船酔いで）喉を通らなくなる。航海が長いと無理に食べたのが逆戻りする。今度入港するまで大抵の新兵さんは4キロ位目方が軽くなりませう」

5月からは、連合艦隊は宿毛湾や志布志湾を泊地にした月月火水木金金の猛訓練を開始、第6駆逐隊は連合艦隊旗艦「長門」の直衛訓練を実施した。但し、この最中、空母部隊は戦艦群と別行動し、味方艦隊を米艦隊と仮想して艦載機による攻撃訓練をも実施していた。

中野兵曹はこの1年前、西田少年に、「皆さんは学校戦線で、僕らは太平洋の戦線で祖国日本のためにウンとがんばりませう」と書簡を送り、将来、将校を目指して勉学に励むように諭している。

ところが西田少年は中学進学後、勉学に励むあまり健康を害する。すると中野兵曹は書簡を送り、こう激励している。

「養生第一にして下さい、中学の成績を以て人生の全部を左右するとのみ考えられません。最後の勝利は健康なる身体と健全なる精神と努力にあるものと思います。病気のために一寸位の成績が落ちても挫折することなく大きな気持ちで勉強して下さい」

（1942年9月21日書簡）

1941年10月以降、空母艦載機群のなかで、とりわけ雷撃隊は、ハワイ真珠湾に地形がよく似た鹿児島湾で高度10メートルという超低空で雷撃訓練を反復していた。水深12メートルという真珠湾で、高高度から魚雷を投下すると、たちまち海底に突き刺さってしまうのだ。高度10メートルというと、操縦席から見れば、機体下部が海面を擦るような感じさえするのである。

一方米国は、1940年5月、日本を威圧するため、戦艦9隻を主力とする艦隊をハワイに常駐させた。

さらに翌1941年4月14日、米国第32代大統領フランクリン・ルーズベルトは、中国における義勇航空隊「フライング・タイガース」の開設を許可していた。これは米陸軍のパイロット100名を破格の待遇で出向させ、最新鋭戦闘機カーチスP40と共に、国民党軍の指揮下に入れたのである。この義勇航空隊は、日本本土の空爆さえ計画していた。

1941年8月1日、米国は発動機燃料、航空機用潤滑油の対日輸出を禁止した。我が国政府や商社は慌てて世界をまわり、あらゆる手段を尽くして石油を買い付けようとするが、米英の圧力を受けてどの国も我が国に売ることはしなかった。

これから9日後、8月10日には、米英首脳が大西洋上で会談し、対日戦略を討議している。なおこの時、チャーチル首相は完成直後の戦艦「プリンス・オブ・ウェールズ」（3万5000トン）に乗艦し、これを誇るかのように会談に参加した。

この4日前、8月6日、駐米大使海軍大将野村吉三郎（海兵26期）が、国務長官コーデル・ハルに、「支那事変解決後は、支那大陸から撤兵する」と申し入れたが、米国は石油禁輸処置を少しも緩めようとはしなかった。我が国に残された石油は840万トン、半年分しかなかったのだ。

それまで開戦に消極姿勢を貫いていた海軍首脳は、ここで開戦を決意した。

もはや日米開戦は不可避となった。9月初旬、第6駆逐隊は母港横須賀に帰投する。いよいよ開戦準備である。

艦内の雰囲気はどうであったろうか。

「雷」は、艦長の性格に加え、他の士官の人材にも恵まれていた。先任将校（副長相当）で、水雷長の浅野市郎大尉（後少佐、海兵63期、当時29歳）は、戦後愛知県議会議長になるが、冷静沈着、人格円満の男であった。戦後浅野に接した森田禎介元海軍大尉（海兵70期）は、「一点の曇りもない先輩であった」と回顧している。

「雷」に下士官として勤務していた橋本衛が、1984年3月に「雷」に乗務した思い出を、『奇蹟の海から』（光人社刊）に執筆しているので、これを引用する。

「『雷』乗り組みの将校は駆逐艦乗りらしく、若年ながらなかなかの人格者ぞろいでさばさばと気やすく、兵隊には人気と信頼のある人ばかりで、『雷』の明るさや練度の高さはこのへんに秘密があるかも知れない。

温厚でいつも微笑みを絶やさず、貴族的な好紳士で、兵隊のめんどうをよくみるが怒ると怖い水雷長・浅野（市郎）大尉。外見の優男ぶりとはうらはらに、負けん気の強い航海長の谷川（清澄、当時二十五歳）中尉。砲術長の田上（俊三、当時二十四歳）中尉も、小柄で坊や然としているが、気概にあふれ、なかなか腹の練れた紳士だ」

では兵隊の気質はどうであったろうか。

谷川の回想では、「雷」の下士官兵は喧嘩がめっぽう強く、よく寄港地でグレン隊を叩きのめしては所轄警察署の厄介になったという。谷川はその度に酒一升瓶をもって署長に挨拶に行き、放免してもらっていた。

一方、工藤の人柄については、師範徴兵で1941年11月19日、開戦の19日前、1等水兵で乗艦した佐々木確治はこう証言している。

「日頃、艦長は鉄拳制裁禁止を厳命しておられました。私は艦長伝令で、艦長の号令を伝声管で各部に伝える役目を仰せつかっていた。ところが、緊張するとどうしても東北なまりがでる。

ある時うっかりして、東北訛りで伝声管に向かって、艦長指示を伝達してしまいました。すると艦橋当直の下士官から『なんだお前の発音は』と怒鳴られました。

この時艦長は、この下士官に向かって、『それがどうした』と、厳しい口調で発言されたのです」

佐々木は手記を筆者に見せながら、艦長の艦内における鉄拳制裁禁止の徹底ぶりを、以下の思い出で語った。

「開戦直後、台湾高雄港を出港する直前、1人の新兵が、帰艦遅延寸前となって帰って来たことがありました。水兵は新兵で、まだ少年の面影を残しておりました。艦長は艦橋で出港準備にかかっておりましたが、双眼鏡でこの水兵を見ておりました。

艦長はただちに先任下士官酒井米也一等兵曹を艦橋に呼んで、『話せばわかる、決して殴るな！』と、厳命されました」

この新兵は、艦長の目に留まったお陰で、何の制裁も受けなかったが、兵自身も反省して進んで謹慎し、以後の上陸をしばらく遠慮していたという。

しかし、これほど艦長が鉄拳制裁禁止を指示しても、古参下士官の中には、こっそり兵を殴る者がいた。佐々木の回想では、「兵が艦長に直接言上するわけにはいかないので、殴打された兵は、艦長の前で足を引きずったり、顔を曇らせて目線を下げたりした」という。

艦長はその度に、「どうした、殴られたのか」と発言し、先任下士官に「何度言えばわかるのだ、鉄拳制裁は禁止したはずだ」と注意していたという。

艦長の部下指導は見事であった。哨戒行動中、見張りが流木を敵潜水艦の潜望鏡と誤って報告することがあった。艦長はこの時、決して怒ることなく、「その注意力は立派だ」と、報告した見張りを誉めていたのだ。このため、見張りはどんな微細な異変についても先を争って、艦長に報告していたという。

艦長の指導の結果、見張りには４０００メートル先の浮遊物と潜望鏡を確実に見分けるベテランが続々誕生する。

当時、これほどの識別能力を確保していれば敵潜水艦の雷撃を充分回避できた。

こうした「雷」の艦橋は、たとえ戦闘中でもほのぼのとした家庭的雰囲気があった。

この結果、「雷」乗員は、工藤を慈父のように慕い、「この艦長のためなら、いつ死んでも悔いはない」とまで公言するようになっていた。

工藤のこの民主的なリーダーシップは、海軍兵学校在校中の校長鈴木貫太郎中将（当時）の薫陶によるものと思われる。

ところで、大本営陸海軍部は大東亜戦争遂行計画を3段階に区分した。

第1段作戦、南方地域の石油資源の確保
第2段作戦、米空母機動部隊の殲滅
第3段作戦、講和工作

日本の国力ではほぼ1年以内にこの3段作戦を遂行し、勝利することが要諦とされた。

なお、第1段作戦における南方地域とはジャワ、ボルネオ方面の油田地帯である。但し、南方要地の攻略順序で、陸海軍の意見が対立したため、海軍は東回り、即ちフィリピン、セレベス、ジャワ。陸軍は西回り、マレー半島、スマトラ、ジャワというラインで決着した。

1941年10月下旬、連合艦隊各艦艇は山口県柱島泊地に集結、旗艦「長門」艦上で、各級指揮官が集まり最終図上演習が行われた。

11月初め頃より、各艦艇は開戦時の配備点に向け、部隊区分別に逐次戦略展開を開始した。

11月5日、御前会議はついに、「外交交渉不成立の場合、12月初頭に武力発動」と決定されたのである。

11月26日、米国はハル・ノートを野村大使に手渡した。「日本軍の支那大陸からの即時全面撤退」主張に、いささかの変更もなかった。ここで我が国は、従来おこなってきた外交交渉が、米国による時間稼ぎに利用されていたことにようやく気づいた。

第6駆逐隊は、南方部隊主隊に編入された。

同隊は、佐伯湾に集結、最終調整を行った後、11月29日午後5時、「響」「暁」「雷」「電」の順で佐伯湾を出港した。

中野2等兵曹は、この直前、西田少年に次の書簡を送っている。

「太平洋を無血で日本が制するか、連合艦隊全滅を覚悟して闘うか、日本海軍の兵隊が一人も残らず桜の花と共に太平洋の暗い海底に骨を埋めて終うか。

支那事変の予算を無理して海防に費やしてゐるのを考へればその事情がよく判ります」

なお、「雷」は艦長命令により、母港の横須賀を出港する時、万一に備えて全員、爪と頭髪の一部を封筒に入れ、遺品として横須賀鎮守府の金庫に保管した。

第6駆逐隊は、南方部隊主隊の前衛を担当した。その後方に、南方部隊司令長官近藤信竹中将（海兵35期、後大将）座乗の重巡「愛宕《あたご》」（1万3350トン）、高速戦艦「金剛《こんごう》」（3万2156トン）「榛名《はるな》」（3万2156トン）が航進した。

第1航空艦隊旗艦空母「赤城」は、すでに11月18日午前9時、山本長官の見送りを受けて佐伯湾を出港し、機動部隊集結地点であるヒットカップ湾に向かって北上していた。

当時、南方部隊の最大の脅威は、戦艦「プリンス・オブ・ウェールズ」、巡洋戦艦「レパルス」(3万2000トン)を基幹とする英国東洋艦隊であった。

これと対等に戦える戦艦は、「長門」「陸奥」であったが、両艦とも瀬戸内海に停泊しており、「大和」は未だ前線に投入できる段階ではなかった。南方部隊将兵の期待は「金剛」に集中した。

第6駆逐隊は、11月30日、南西諸島南端通過、各艦は無人島に向かって砲を1発ずつ発射しながら南下した。

この1日前、11月29日、御前会議において開戦が決定された。

山本五十六大将は、出撃直前の機動部隊指揮官全員に対し、「もしハワイ攻撃直前に日米交渉が成立すれば直ちに命令するので、反転帰投せよ!」と訓辞した。ところが第1航空艦隊司令長官南雲忠一中将(海兵36期、後大将)が、これに反対したところ、「反対する指揮官は出港を許さぬ、直ちに辞表を提出せよ!」と厳命していたのである。

ハワイ先制攻撃

連合艦隊司令長官山本五十六大将は、日本海軍の基本戦略を刷新した。

大艦巨砲主義と邀撃漸減作戦を廃し、従来、艦隊の補助的存在にすぎなかった空母を集中運用することと、敵の発進拠点に積極攻撃を行う戦術である。

英米海軍ですらこのような戦術を採用していなかったし、よもや日本海軍が航空作戦を採ろうとは、想像だにできなかった。彼らは「日本人には、航空適性もなければ、その航空機を作る技術すらない」と根っから軽視していたのである（1935年2月18日、在日英国大使館付武官秘密報告）。

ところで開戦にあたり、日本への脅威は三つあった。

その第一が、ハワイ真珠湾を根拠地とする米太平洋艦隊で、戦艦9隻、空母2隻、軽巡以下補助艦艇24隻を含む70隻の兵力である。米海軍は、日米戦が勃発すれば中部太平洋マーシャル諸島を経て、日本本土に侵攻することを基本戦術としていた。

第二が、フィリピンのクラークフィルド、イバを基地とする米陸軍航空隊で、新鋭戦闘機P40を175機、爆撃機74機（うちB17、35機）を擁していた。当時、フィリピン、マレー方面で使用可能な我が国の零戦は117機に過ぎなかった。

三つ目の脅威である英国東洋艦隊は、日本との開戦に備えて10月25日に、英国を出港した。いずれを撃ち洩らしても、第1段作戦の目標である、インドネシア、ボルネオ方面からの日本への石油輸送ルートが遮断されるのだ。

山本長官が立案した真珠湾攻撃プランに、当初軍令部は反対したが、愛甲文雄中佐(当時)が、真珠湾の浅海でも使用できる航空魚雷の開発に成功したため、ようやく許可された(使用本数100本)。

一方、台湾および仏印(サイゴン基地)でも、海軍航空隊が満を持していた。

1941年11月上旬、台南、高雄両基地に展開する零戦隊110機は、フィリピン、イバ基地に展開する米陸軍航空隊を攻撃するため、長距離渡洋訓練を連日繰り返していた。往復約2000キロ、合計飛行時間約10時間、敵地上空での戦闘予定時間15分である。当時、世界にこれほどの作戦能力を持つ戦闘機は存在しなかった。この飛行訓練は、台湾から沖縄上空間で行われていた。

また、サイゴンには11月上旬、鹿屋航空隊所属の新鋭一式陸上攻撃機3個中隊26機が進出、雷撃訓練を開始していた。

このサイゴン部隊にはすでに、美幌、元山航空隊九六式陸攻68機が展開しており、主に水平爆撃を任務としていた。間もなく、一式陸攻に搭載された航空魚雷が、英国艦隊にトドメを刺すことになる。

「雷」は、12月2日、午前9時、台湾馬公に接岸する。

この日、午後5時30分（日本時間）、連合艦隊司令長官山本五十六大将より、「電令作第10号」が発せられた。

「ニイタカヤマノボレ　1208」である。

「12月8日、戦闘開始せよ」の暗号電文である。

ここで、第6駆逐隊第2小隊「雷」「電」は（以後、「第2小隊」と呼称する）、第2遣支艦隊（司令長官新見政一中将、海兵36期）麾下に入り、陸軍第38師団による香港上陸作戦を洋上から支援することになる。主任務は、香港の海上封鎖である。

ちなみに「電」艦長、竹内一少佐は、兵学校52期、工藤の1期後輩で、開戦の3カ月前9月15日に着任した。同小隊は、工藤が先任として指揮をとることになる。

ところで香港は、シンガポールと並ぶ英国のアジアにおける軍事拠点で、英国はここから蔣介石への支援を公然と行っていた。要塞砲が全島を覆い、難攻不落とさえ言われていた。

12月4日午前、台湾高雄港錨泊中、工藤は前甲板に全乗員を整列させた。工藤は海軍少佐の礼装で、勲四等旭日章を付け、全員に開戦を告知した。続いて先任将校浅野市郎大尉が、軍歌演習を指示、全員合唱した。

1230（午後0時30分）、第2小隊は在泊中の南方部隊各艦艇に登舷礼で見送られながら、中国滑石湾に向かった。その後、第2小隊を見送った第1小隊も、南方部隊とともに、マレー沖に向かって出撃した。

「雷」は、12月6日早朝、香港沖滑石湾に到着し、補給を終え、香港島沖合3万メートルの位置を限度に哨戒行動に入った。工藤は、宣戦布告前の武力発動にとくに慎重を期していたのである。

当時のこの海面の状況は、日本の開戦を予期した無数の英国商船が続々出港していた。

12月1日、日本外務省が英米在の公館に指示していた「8日午前0時（日本時間）をもって暗号文章の焼却と、公館の封鎖」を英国諜報機関に解読されていたのである。

第2小隊は、ここで特異な光景に遭遇する。無数のジャンクが接近して来た。そして第2小隊の航進を邪魔するばかりか、包囲される形成になってきた。同時にその円の半径は縮まりつつあったのだ。

陸軍からの情報によれば、「帆柱に吹き流しを巻いているのは、日本陸軍宣撫班の影響下にある」ということであったが、工藤は警戒した。万一、この集団のなかに英国諜報班に二重工作されているものがあれば、とんでもないことになる。

支那沿岸で、このようなジャンクが機雷を箱に入れて海中に吊り下げている事例が報告されていた。艦底にこっそり爆雷でも仕掛けられれば、駆逐艦の鋼板ぐらい、瞬時に破壊できるのだ。工藤は、ジャンクを追い払うため、威嚇射撃を指示する。「ジャンクに当てないよう、前後いずれか5メートルの所を威嚇射撃せよ」と強調し、13ミリ機銃の発射を令した。さらに「帆柱に吹き流しがないものから先に威嚇せよ」と指示し、また「絶対に人に機銃弾を当てるな」とも厳命していた（艦長伝令佐々木確治証言）。

機銃は、艦橋最上部に装備されており、射手は、師範徴兵出身の勝又1等水兵であった。

機銃が発射されると、水面に無数のしぶきがあがった。さしものしつこいジャンクも、はっとして針路を開けた。

こうして第2小隊は、航進を再開する。

12月8日午前零時、日本政府は、米英に向けて宣戦布告した。これを受けて彼らも、宣戦を布告する。ついに開戦の時を迎えた。

この時連合艦隊は、経度で見ると、地球の3分の1にわたる広範囲に展開していたのである。西はタイランド湾南方（東経104度）から、東はハワイ沖（西経155度）である。

12月8日午前零時開戦、「雷」を先頭とする第2小隊は、戦闘配置を完了、香港島沖で入港準備中の英国商船2隻を拿捕《だほ》した。

ところで工藤は午前2時以降、ハワイ沖の第1航空艦隊の動静が気になっていた。午前3時22分（ハワイ時間7日午前7時52分）、「雷」電信室は、ハワイ先制攻撃部隊総隊長淵田美津雄中佐（後大佐、海兵52期）の発した「トラ、トラ、トラ」（真珠湾奇襲に成功せりの暗号電文）の電信を傍受する。

第1次攻撃隊183機は、猛然と米軍飛行場そして艦船への攻撃を開始した。当時ハワイ近海はうねりが大きく、空母「赤城」以下6隻の空母は、左右ピッチング15度を記録していたにもかかわらず、オアフ島北方425キロの地点から、全183機、見事に発艦していたのである。

工藤は、機動部隊指揮官南雲中将の勇姿を思い、興譲館先輩の壮挙に胸を躍らせていた。

オアフ在泊全戦艦8隻中4隻撃沈（1隻はカリフォルニアで修理中）、航空機188機撃破であった。我が方の損失は予想に反し、艦載機29機、特殊潜航艇5隻であった。

続いて工藤は、午前8時以降、台湾に展開する第23航空戦隊（台南航空隊、高雄航空隊、第3航空隊）による、在比米空軍撃滅作戦の推移が気になっていた。当初の作戦計画では、この頃には、飛行隊は敵地上空に達しているはずだった。

工藤は、電信員に電波の傍受を慎重にするよう指示したが、一向に攻撃隊の発する電波が把握できなかった。もしや真珠湾攻撃の情報をキャッチした在比米陸軍航空隊が、先手を打って台南、台北基地に攻撃をかけたのか。当然こういう懸念も起きていた。

実状は、当時、台湾南部に濃霧が発生したため、23航戦の発進が午前4時から6時間延期され、午前10時となり、零戦110機、陸攻80機を中核とする戦爆連合は、午後2時前後にフィリピン上空に進出した。

ほぼこの時刻、「雷」電信員は、大声で工藤に報告する。「3空及び台南空の零戦隊が、敵地上空に到達、敵機35機撃墜、地上撃破71機、我が方、損害7機」

12月10日、13日と2度にわたって空襲は続行され、零戦隊は、米軍戦闘機隊を圧倒した。とくに20ミリ機銃の威力は絶大で、1発でも敵機主翼に命中すると、翼は吹っ飛んだという。

第2次空襲時、零戦隊は15分間で敵機50機撃墜、我が方は自爆3機のみ。

第3回空襲の際には、もはや彼らは戦意を喪失し、迎撃に出る機は僅か、そして折角上昇して来た敵機も、たちまち零戦に8機が撃墜されたのである。

在比米軍は零戦の驚異的な航続距離を信じることができず、近海に空母がいるものと思い、必死でその所在を捜していたことが戦後判明した。

工藤は、微笑んだ。

残された脅威は、シンガポール軍港にいる「プリンス・オブ・ウェールズ」「レパルス」の動静である。ハワイ、フィリピンの脅威は除去されたが、英海軍の動勢は油断できない。これを撃ち洩らせば、マレー半島の上陸部隊をはじめ、香港作戦にも支障がでる。

戦艦「プリンス・オブ・ウェールズ」は、1941年3月に竣工した新鋭艦で、第一次世界大戦のジュットランド沖海戦の戦訓を活かし、甲板の防弾装甲は、最大で40チ《セン》を誇っていた。

巡洋戦艦「レパルス」も、戦艦「金剛」の5年後に建造され、艦齢25年を数えていたが、あらゆる面において南方海面で行動する戦艦「金剛」「榛名」を凌いでいた。同方面に展開する日本艦隊に、対抗できる艦はない。第6駆逐隊第1小隊「暁」「響」乗員も白鉢巻をして悲壮な決意をしていたという。

ところがその頭上を、海軍航空隊の大編隊が、眼下の艦隊に翼を振りながら出撃して行った。

第21航空戦隊司令官松永貞市少将（海兵41期、後中将）は、午前6時30分、索敵機を発進させた。そして午前8時30分、攻撃機合計94機の発進を命じた。発進基地は、南部仏印サイゴン、ツダウムの2基地である。英艦隊は、攻撃隊の行動圏内に確実に入ったのである。

午後12時40分頃、白井義視大尉（海兵65期、後少佐、戦死）指揮の乙空襲部隊九六陸攻8機が英艦隊上空に最初に到着、水平爆撃を開始した。続いて宮内七三少佐（海兵56期、後中佐）指揮する丁空襲部隊（鹿屋空）第1、第2中隊一式陸攻合計17機が二手に分かれ挟み撃ちの形で魚雷攻撃を開始した。

いよいよクライマックス。香港沖の「雷」電信室でも傍受され、その情景は手に取るようにうかがえた。発信は、甲空襲部隊第4中隊索敵機からである。

「キング・ジョージ（戦艦「プリンス・オブ・ウェールズ」）左に傾斜しつつ、（針路）90度で（西方に）遁走中、艦尾より爆発。次第に沈没しつつあり1430（午後2時30分）」

「レパルス1420頃 1450頃キング・ジョージ爆発沈没せり」

速力20ノット以上の高速で走りまわる2大戦艦を、日本海軍航空隊が、僅か2時間10分で撃沈したのである。しかも日本側の損害は僅か3機であった。

米英はこの時、百年前、アヘン戦争で戦った中国軍（清国軍）の延長線上に日本軍を評価した誤りを痛感する。

ところで、その後の日本海軍の「武士道」にのっとった処置が、英国海軍を感動せしめた。攻撃隊は、随伴の駆逐艦が救助活動に入ると一切妨害しなかった。このため、駆逐艦「エクスプレス」は、「プリンス・オブ・ウェールズ」の右舷後方に接舷し、救助にかかった。しかも、この駆逐艦が、シンガポールに帰港した際も、上空から視認していたが、一切攻撃しなかった。

日本海軍の「武士道」はこれだけでない、この1週間後、壱岐春記大尉（海兵62期、後中佐）は、英艦隊沈没地点に低空旋回し2個の花束を投下した。勿論日英両海軍の戦死者に敬意を表するためである。壱岐大尉は、丁空襲部隊（鹿屋航空隊）所属、第3中隊指揮官であった。

ここで第6駆逐隊第2小隊に視点を戻そう。12月10日夕刻、「雷」を先頭に香港島に接近したところ、英国海軍哨戒艇「セントモナンス」が近接してきた。「雷」はただちに追撃砲戦にかかり、それが木造船であったこともあって発射弾数64発をもってようやく撃沈した（勝又氏記録）。

但し、この時第2小隊は哨戒艇を深追いして、英軍陸上砲台の射程内に入り、舷側10メートルの所に至近弾を受けている。谷川元少佐は、「日本海軍艦艇中、あわや沈没第1号になるところだった」と述べている。

一方、日本陸軍は、快進撃を続けていた。

12月13日、陸軍第38師団は2日間で九龍半島全土を制圧、18日より香港上陸作戦を敢行した。

12月20日、間もなく陸軍が在香港英軍へ総攻撃をかけるため、第2小隊は、海上より香港要塞への砲撃を試みるが、「雷」の射程は、遠く及ばなかった。同島スタンレーには、射程2万8000メートル、20センチ砲が3門あったのだ。「雷」の主砲は、最大射程1万9500メートルに過ぎない。

この時、「雷」は砲撃を受け、またあわやの場面を迎える。

佐々木は当時の手記を見ながら、こう回顧する。

「見張りが突然、叫びました。『砲台のあるとされる所から、発砲煙幕らしきものが見えます』

『雷』艦橋左右には、計6台の固定双眼望遠鏡があり、見張りが配置されておりました。

間もなく、艦の前後左右に3発の夾叉弾を受けました。

2発目は艦側10メートルの至近距離に弾着し、大きな水柱が3本立ちました。艦は水柱に覆われ、後方の『電』からは、『雷』が被弾したかのように見えたといいます。

この精度で4発目を受けたら、命中確実でありました」

谷川元少佐の回顧では、「第2小隊は慌てて煙幕を展張した。すると敵側は、命中したと勘違いしたのか一寸射撃を止める。この間に小隊は一斉回頭し、のたうちまわって射程外に逃避した」

この時、艦橋でのハプニングを、佐々木はこう回顧している。

「ズズズッと音がして艦の周り数百<ruby>《メートル》から数十《メートル》の所に、水柱が3本あがりました。私は、思わず艦長の方に身を寄せました。寄せながら考えました。日本海海戦の絵には、東郷元帥、凛々しい姿をした伝令、防弾マットでまいた羅針盤、本来なら私が弾避けになるように体を張るべきなのだ。これはあべこべだ。しまった。恥ずかしいと思ったら顔が赤らむのを覚えました。それにしてもあの時、艦長の姿が頼もしく大きく見えました。しかし、思い出す度に恥ずかしくなります」

翌21日、日本陸軍航空隊はこの砲台に集中爆撃を加え破壊した。22日には島の中央を制圧し、英軍を東西に分断した。

こうして12月25日午後7時、サー・マーク・ヤング香港総督、C・M・マルトビー香港駐屯軍司令官は、第23軍司令官酒井隆陸軍中将に無条件降伏を申し入れた。日本陸軍の攻撃開始から僅か1週間、英軍1万人が捕虜となったのだ。ちなみに、この時日英両軍とも、それぞれ1万3000人で戦っている。

第2小隊は25日夕刻、馬公に凱旋し、大正天皇遥拝式を挙行、その後、乗員には上陸が許可された。

日本、アジア民族を覚醒す

真珠湾攻撃成功の報は、12月8日朝、全国を駆けめぐり国民を喜ばせた。

12月26日、連合艦隊司令長官は、「第二期兵力区分部署」を発動、蘭印攻略作戦の開始を発令した。いよいよ、英蘭が植民地とする南方地域の資源、石油、鉄等の獲得に乗り出す。

第2小隊「雷」「電」は、南方部隊に復帰を命じられ、12月26日午前9時馬公を出港、第6駆逐隊第1小隊「響」「暁」と合同するため、高雄港に向かった。

高雄港入港直前、湾口付近に於いて、敵潜水艦1隻を探知、爆雷攻撃をもって撃退した。米軍は、この年11月頃からアジア艦隊に潜水艦を増派しており、フィリピン近海だけでも25隻以上の潜水艦がいると連合艦隊司令部は分析していた。

間もなく、第6駆逐隊は、フィリピン上陸部隊陸軍第65旅団（奈良晃中将指揮）を乗せた船舶14隻の護衛を命じられる（フィリピン作戦の陸軍総兵力約7万人）。12月30日午前6時、第6駆逐隊の4隻は出港、第31水雷戦隊の指揮下に入り、バシー海峡を南下した。

12月31日、「雷」は突然第6駆逐隊司令より、高雄港への派遣命令を受け、1942年元日午後3時、単艦で高雄港に向けて反転帰投した。

「雷」はここで、敵潜水艦1隻を探知、今度は見事これを撃沈する。

ところで、ジャワ島占領を焦る南方軍総司令官寺内寿一大将は、12月下旬、作戦実施を1カ月早めるよう大本営に意見具申していた。資源、とりわけ石油資源のない我が国が、長期の戦闘に備えるには、どうしてもこのジャワ島を占領することが優先されたのである。当時、我が国の石油年間消費量は、約500万トン、蘭領東インド方面スマトラ、ジャワ、ボルネオ方面では年間合計1120万トンの石油を産出していたのである。

海軍も、陸軍の案に賛同する。

12月31日、連合艦隊司令部は、比島部隊（第3艦隊司令官高橋伊望中将指揮）を中核として、これに第11航空艦隊と南遣艦隊の一部を加え、蘭印部隊を編成した。先述の23航戦もこの指揮下に入る。

陸軍は同方面を攻略するため、今村均中将（後大将）を司令官とする第16軍を指定した。

ところが、ここで進撃について陸海軍の意見が対立した。

陸軍はスマトラ進出を優先した。ここだけでも年間の石油産出量が500万トンあった。一方、海軍は主要輸入先は米国であったが、ボルネオのタラカン、ミリーからも年間70万トンの石油を輸入しており、結果、この方面への進出を優先した。

このため、主に陸軍は西方攻略軍を編成し、スマトラ（パレンバン）と、ジャワ島（バタビア）の攻略を目指した。これに対し、海軍陸戦隊と陸軍の混合部隊で組織される東方攻略軍は、主に蘭領ボルネオの油田地帯を攻略しながら、ジャワに達するという案が採択された。

詳説すると、西方攻略軍は、高雄から第2師団を中核とする第16軍主力（司令官今村均中将）が、輸送船54隻でカムラン湾経由、ジャワ島西部へ直行し、香港からは陸軍第38師団（佐野忠義中将指揮）が同じく輸送船でスマトラ・パレンバンを目指す。これを護衛するのは、主に第5水雷戦隊で（第3艦隊指揮下、軽巡1隻、駆逐艦8隻）、上陸支援の際には、南遣艦隊司令長官小沢治三郎中将（海兵37期）指揮する第7戦隊（重巡4隻）、第3水雷戦隊（軽巡1、駆逐艦6隻）が支援することとなる。

一方、東方攻略軍はさらに東方支隊と、西方支隊に分けられた。東方支隊は、海軍陸戦隊を中核に組織されており、セレベス島の東部海面を南下しながら、メナド、アンボン、クーパン攻略をめざす部隊である。さらにその任務は、蘭印・オーストラリア間の航路を遮断するという戦略目標を持っていた。戦力は、重巡2隻、軽巡1隻、駆逐艦12隻である。

西方支隊は、セレベス島の西部海面を南下して、蘭領ボルネオ、東部ジャワ攻略を目指すもので、陸軍第48師団（土橋勇逸中将指揮）と、坂口支隊を中核として組織された。この部隊も、単にボルネオの油田地帯を占領するばかりでなく、同島にあるタラカン、バリクパパンの敵航空基地をも占領する任務をおびていた（ジャワ方面陸軍総兵力4万5000名）。

海軍の護衛戦力は、軽巡1隻、駆逐艦8隻である。

連合艦隊は万一に備えて、第1航空艦隊と第5、第6潜水隊（潜水艦6隻、潜水母艦1隻）をジャワ島南方のインド洋に進出させた。

第6駆逐隊は、第2小隊「雷」「電」を東方攻略部隊に、第1小隊「暁」「響」を、西方攻略部隊に分割編入した。

いよいよ、戦機が訪れる。

1942年1月6日、全蘭印攻略部隊は、ミンダナオ島ダバオへの集結を令される。

第6駆逐隊は、重巡「那智」「妙高」（両艦とも1万トン）の前路警戒隊として、高雄を出港、対潜警戒を厳重にしながら、20ノットの速力で南下し、ダバオを目指した。

一方、在比米陸軍は、日本陸軍の予想に反し、マニラの市街戦を放棄して、バターン半島に籠もり持久戦を展開した。

ところが南方軍総司令官寺内寿一大将は、1941年12月下旬、麾下の第14軍本間雅晴中将に対し、フィリピンで戦闘中の第48師団と第5飛行集団を、蘭印作戦に転戦させるよう指示、この部隊はフィリピン攻略最中でありながら、1月2日には蘭印への移動にかかった。

結果、フィリピン作戦は停滞する。

焦った陸軍は、1月に第1次増援部隊を加えて、バターン要塞の攻略を敢行するが失敗する。

さらに3月に、今度は台湾の高砂族によって編成された「高砂挺進報国隊」（第1回高砂義勇隊）に、香港要塞制圧に活躍した攻城部隊を加え、5月6日に漸くこれを平定した。

南方資源地帯確保

いよいよ資源地帯の確保である。間もなくこれを阻止しようとする英米蘭豪の連合軍艦隊との決戦が行われる。

1月6日、第2小隊はミンダナオ島、ダバオへ入港する。その後、直ちに補給艦「さんくれめんて丸」から補給を受け、即応体制を回復させた。

「雷」はダバオ到着直後から、湾港付近の対潜哨戒を担当した。

1月4日にはB17、3機による空爆を受け、ダバオ南方にあるマララグ湾に碇泊していた旗艦「妙高」が前部2番砲塔付近に直撃を受けた。高木少将は負傷し、「妙高」は修理のため、佐世保に帰投した。

ダバオは当時、蘭印作戦の拠点となっていた。第2小隊は1月22日頃までここを母港とした。湾内には、海軍艦艇や陸海軍が徴用した輸送船多数が出入港を繰り返していたのである。

航空兵力も強化される。第11航空艦隊も進出し、滑走路の舗装にとりかかっていた。ところで、蘭印作戦の要点は、ジャワに至る英蘭軍の航空基地を漸次占拠し、同時に我が方の航空戦力を展開しつつ、敵の航空戦力を撃滅させることにあった。そして、ジャワの油田掘削施設を無傷で奪取し、もって長期不敗態勢を確立しようとするものである。

1月9日、1230（午後12時30分）蘭印部隊東方支援隊、西方支援隊はほぼ同時に出撃する。東方支援隊はメナドを、西方支援隊はタラカンを目指した。

東方支援隊がメナドを攻略すると、次は、セレベス島、セラム島、チモール島を攻略するという計画であったが、作戦はほぼ予定通り進行する。

1942年1月11日、メナド上陸。24日にはケンダリー上陸（いずれもセレベス島）。31日にはアンボン上陸（セラム島）、2月20日にはチモール島のデリー、クーパンに上陸。それぞれの島嶼《とうしょ》を占領した。

一方、西方支援隊は蘭印のボルネオ島を攻略する。1月10日にタラカン上陸に成功、23日、バリクパパンを占領する。

第2小隊は、前述したように、蘭印部隊主隊第5戦隊重巡「那智」「羽黒」（いずれも1万トン）の直衛として、前方誘敵行動をとった。このため、当初はメナド上陸作戦支援のため近海を行動したが、その後、ケンダリー上陸作戦では、セレベス海からマカッサル海峡を戦闘行動した。

さて次は、31日に発動されるアンボン・ケンダリー作戦である。

1月22日、午後6時ダバオを出港し、「那智」「羽黒」を護衛しながら、マカッサル海峡を南下し、赤道を越え、モルッカ海を通過してケンダリーに行動した。

ところが、ここで思いがけない事故が起こった。1月25日、上陸部隊第1根拠地隊旗艦軽巡「長良」(5170トン)が直衛の第21駆逐隊「初春」(1400トン)と衝突した。「初春」は大破し、同隊の「子ノ日《ねのひ》」「若葉」(いずれも1400トン)に護衛されてダバオへ回航された。「雷」は26日に「長良」を護衛してダバオに向かった。

この結果、セラム島アンボン上陸作戦を危険視する声が強まったが、第5戦隊司令部は第2小隊「雷」「電」を、第21駆逐隊と交代させて作戦を実施することとなった。

ここで第2小隊は、第2水雷戦隊司令官田中頼三少将(海兵41期、後中将)座乗の軽巡「神通」(5195トン)の直衛を担当することになった。

アンボン作戦も成功する。

2月4日から10日まで、「雷」は「神通」とともに、アンボン、ケンダリー間を頻繁に行動している。

2月11日、第2小隊は、再び第5戦隊主隊の直衛に復帰する。

2月18日深夜、チモール・クーパン上陸作戦の2日前、「雷」は、敵潜水艦撃沈の戦果を挙げる。この時は、ケンダリーを深夜0時10分頃出港し、19日のチモール作戦を支援するため、フロレス海を東進中であった。

午前0時45分、「雷」は敵潜水艦と遭遇する。この時の情況を、佐々木はこう証言した。

「突然『配置につけ！』のブザーが鳴りました。見張りが、魚雷の航跡らしきものを発見したということでした。早速、気泡のある所を中心に探信儀による海中探索が開始されました。

水雷長浅野大尉の『爆雷投下用意』の号令で、後甲板では水雷科の乗組員が、爆雷を投下台上に乗せ満を持しておりました。

艦は、敵潜水艦の位置らしい所に焦点をあて、爆雷を投下しました。10秒間に1発ずつ、計5発を投下しました。探信儀の反射音も聞こえなくなったので、沈没したものと思い、艦長は所定の航路に復帰しようとしました。

この時です。探信儀が左60度に潜水艦を発見しました。そこで艦長は『取り舵いっぱい』を号令し、艦は左に大きく転舵しました。なんと旋回中に前方７００メートル～８００メートルの所に、航跡が見えたのです。

取り舵が効き、艦首が左に動いたので、当たるはずの魚雷が艦首の左、僅か2メートルの所を通過して行きました。当たったら終わりでした。もう1本の魚雷は、右舷50メートルの所を、通過して行きました。速度は20ノットぐらいでした。

発射点と思われる所に行きましたら、硝煙の臭いがプーンとしてきました。

その時です、艦との距離5メートルの所に、音もなく潜水艦が浮上してきました。私は黒い姿と気泡しか見えませんでしたが、艦の中央部、後部の見張りは、潜水艦の司令塔までははっきり見えたと言っておりました。敵は、私たちの艦に会心の魚雷を撃ち、今頃は、爆発炎上している頃と思い、見物しようと浮上したのかもしれません。敵艦はすぐ潜航しました。咄嗟のことで、主砲を撃てば当たったかも知れませんが、相手との距離が5メートルでは、俯角がとれないのです。

本艦はすぐ反転して潜水艦の潜った地点に爆雷攻撃を開始しました。今度は探信儀で捕捉し、何度も攻撃しました。すると、ほぼ敵潜水艦の直上と思われる地点で、直径20センチほどの泡と、ドス黒い重油がムクムクと浮いてきました（撃沈確実）。

夜が少しずつ明けて空が青みがかり、海面は、黒から濃い紺色に見えた時ですから、非常に印象的でした。時計を見たら午前6時となっておりました」

この日、「雷」は午前9時にケンダリーに入港、「さんくれめんて丸」から燃料の補給を受け、午後4時に出港、第5戦隊護衛に復帰した。

この頃、「雷」乗員の唯一の楽しみは、軍事郵便で送られてくる慰問袋や、児童や家族からの手紙であった。

中野兵曹は、西田少年の妹から送られてきた図画や手紙に丁寧に返事を書いている。

「雅生子《まさみこ》さんの図画は大変お上手ですね。うれしく拝見しました。友達が『どれどれ俺にも一寸見せてくれ』と頼むので一緒に見ました。『今の子供達は我々の幼い時と違ってなかなかの上手だな』と感心しました」。

第六章　ジャワ沖海戦

東洋と西欧の激突

2月15日夕刻、シンガポール陥落。この2日前の2月13日、ここを基地にしていた英国艦隊は、ジャワ島スラバヤ港に後退、ABDA（米英蘭豪）連合部隊を編成した。ここに英重巡「エクゼター」（1万410トン）、随伴駆逐艦「エンカウンター」（1350トン）の姿があった。

一方、2月24日、バンカー泊地に集合していた日本艦隊は、ジャワ海を目指していっせいに出港した。日本海海戦以来、37年ぶりに艦隊決戦の火蓋がやがて切って落とされる。

以下は、フォール卿の回想である。

「1940年5月2日（ジャワ沖海戦の1年10カ月前）、海軍少尉で『エンカウンター』の砲術士官を命じられました。当時私は21歳でした。艦長はモーガン少佐（エリック・ヴァーノン・セイント・ジョン・モーガン、当時33歳）でありました。少佐は私がこの3年前、少尉候補生時代に乗艦した練習艦『フロビッシャー』の分隊教官であり、私は彼を深く尊敬していました」

「『エンカウンター』は、ノルウェー沖、大西洋、地中海方面の作戦に従事した後、1941年12月1日、シンガポール軍港に到着、連合軍極東艦隊に編入されました。私の配置は、射撃管制塔の方位盤で、艦橋上部にありました。任務は、弾着を測定し、修正を指示することでした。部下は4名で、測的士官、旋回俯仰員、照準員、測距員でした。

　我々が得たデータは、階下の発令所に送られ、そこで4門の主砲（4・7《インチ》）の発射管制が行われておりました。

　チームの雰囲気は極めて明るく、とくに測的士官はカナダ海軍予備少尉で、絶えずジョークを飛ばして皆の気持ちを引き立ててくれておりました。艦長は、我々を悪童のように扱ったけれども、実際は、期待をかけておりました」

「私は極東艦隊でボクシングのミドル級チャンピオンでした。一度は対戦相手を一撃でノックアウトしたこともありました」
「我々の所属する連合軍艦隊には問題がありました。一度も合同訓練をしたことがありませんでした。私は、それでも日本軍の南下を遅延させることによって、オーストラリアをなんとか救えると信じておりました」

ジャワ島に集結した連合軍海軍の戦力は、以下の通りである（前記２艦も含む）。英重巡１、米重巡１、オランダ軽巡２、豪軽巡１、英駆逐艦３、米駆逐艦４、蘭駆逐艦２で、指揮官は、蘭海軍少将カレル・ドールマンである。

これに対し、我が海軍は東部攻略軍をもって決戦を挑んだ。

日本側戦力は以下の通りである。第５戦隊重巡「那智」「羽黒」、これを直衛する駆逐艦「江風《かわかぜ》」「山風」（いずれも１６８５トン）、「潮《うしお》」「漣《さざなみ》」（いずれも特型）。

第２水雷戦隊（旗艦軽巡「神通」）、駆逐艦「雪風」「初風」「時津風」「天津風」（いずれも２０００トン）。

第４水雷戦隊（旗艦軽巡「那珂」）、駆逐艦「村雨」「五月雨」「春雨」「夕立」（いずれも１６８５トン）「朝雲」、「峯雲」（いずれも１９６１トン）である。なお、この艦隊は、輸送船38隻の護衛と、ジャワ島上陸作戦支援が本来の任務であった。

2月25日、東部ジャワ攻略部隊はジャワ海に入った。27日正午頃、索敵機から「日本輸送船団に接近中の敵艦隊発見」の報を受信する。

この時「雷」の乗員には不満が起きていた。「主隊の護衛より、水雷戦隊麾下で、敵艦隊と戦闘し、鍛えた腕前で敵艦を轟沈させたい」というものであった。「雷」魚雷発射管9門に装填されている90式61センチ魚雷合計9本は、出番を今か今かと待つかのように弾頭を光らせていた。

ところが「雷」の戦闘力の高さが評価されて、第2小隊はまた主隊の護衛任務に就かされた。

主隊は、艦隊後方で全般を指揮するため、主戦場からはどうしても離れてしまう。

2月21日より、蘭印攻略部隊指揮官高橋伊望中将（海兵36期）座乗の重巡「足柄」（１万４７４３トン）の直衛を担当することになった。これは本来、第8駆逐隊の「満潮」「大潮」「朝潮」「荒潮」（いずれも１９６１トン）が直衛することになっていたが、同隊は2月20日のバリ島沖海戦で、駆逐艦「満潮」「大潮」が敵艦より砲撃を受けて損傷したため、急遽第2小隊「雷」「電」がこの駆逐隊の指揮下に入ったのである。その他、主隊の護衛には、第7駆逐隊の「潮」「漣」「曙」（いずれも特型）も配置されていた。

ちなみに第8駆逐隊所属各駆逐艦は、ロンドン軍縮条約脱退通告後の1937年以降に竣工しており、艦型が大型化し、特型より281トン拡大され、魚雷も最新で、航跡を残さない93式魚雷（酸素魚雷）を搭載していた。

2月23日午前4時、主隊はケンダリーを出港するが、「雷」はその直後に敵潜水艦を探知したため、これを攻撃しようとした。ところが、重巡「足柄」艦上の司令部より、「『足柄』に続け」の信号を受け断念する。

24日午後8時30分、「雷」はまた敵潜を探知する。場所は、フロレス海西端スンバワ島北方である。

これは爆雷攻撃で撃退した。この時工藤は「足柄」艦上、高橋中将より称賛を受けている。

25日午後8時20分、「雷」はマカッサル（セレベス島）入港、輸送船より補給を受け、午後11時、出港する。

26日午前8時、「雷」は再び燃料を補給し、旗艦「足柄」の直衛に復帰した。

27日午後7時、「足柄」は、佐世保で修理を終えた重巡「妙高」と、これを護衛する「電」と、スラバヤ東北東海面で合同した。重巡「足柄」に将旗を翻す高橋少将は、重巡「妙高」を随伴して、東部上陸部隊の後方海域より、ジャワ島の東西両方面でほぼ同時に実施される上陸作戦を指揮することとなった。

一方、2月25日、東方攻略部隊（東部ジャワ攻略部隊）陸軍第14軍麾下第48師団の乗り組む輸送船団は、第4水雷戦隊の護衛を受けてボルネオ島のバリクパパンを出港、スラバヤの北西にある上陸地点クラガンを目指した。これにセレベス島ケンダリー、マカッサルからそれぞれ出撃した第5戦隊、第2水雷戦隊が、ジャワ海北方で合流する。

敵はスラバヤを根拠地にしている。司令部の希望的観測は、上陸部隊を、ボルネオ島に沿って西進させ、クラガン北方の地点から、針路180度で、一挙にジャワ島に向けて南下させることであった。

支援部隊第5戦隊、第2水雷戦隊がフロレス海からジャワ海に入った時、敵艦隊がスラバヤを出港し、クラガンとは反対の北東方向に進出して来た。

2月26日、攻略部隊はボルネオ南方のジャワ海に入り、警戒を厳重にした。この時、第5戦隊、第2水雷戦隊も合流する。

なお、「雷」は18ノットで併走しながら、「足柄」より燃料補給を受ける。「足柄」は敵潜水艦の攻撃を避けるため、常時20ノット以上の高速で移動しており、燃料タンクが小さい特型は急激な燃料消耗と、その補給に苦労していた。

一方、ドールマン少将は、日本の上陸作戦阻止を第一目的とし、2月25日スラバヤ港を出港した。ドールマン少将は、祖国がドイツに占領され、国王は英国に亡命中という境遇にありながら、果敢に、日本艦隊に攻撃をかけてきた。

連合軍艦隊は、巡洋艦5隻、駆逐艦9隻で編成されていた。主隊の陣形は、旗艦蘭軽巡洋艦「デ・ロイテル」を先頭に、英重巡「エクゼター」、米重巡「ヒューストン」、豪軽巡洋艦「パース」、蘭軽巡洋艦「ジャワ」が続く。その後方に3隻の米駆逐艦が続いた。

この主隊、とくに先頭の「デ・ロイテル」を護衛する隊形で、主隊の前方に英駆逐艦「エレクトラ」、右側面に英駆逐艦「ジュピター」が、左側面に「エンカウンター」が配置された。蘭駆逐艦「ウィラ・デ・ウィツ」「コルテノール」は、「エンカウンター」列線の後方にあって、主隊後方の左側面を護衛することとなった。

27日正午、バリクパパン基地を発進した味方偵察機から日本艦隊に、「敵艦隊発見」の報が入る。

午後5時25分、重巡「那智」艦載機は、ジャワ海南方域を航行中の第2水雷戦隊の150度方向、1万6800メートル《メートル》に、北上中の敵艦隊を発見した。

第2水雷戦隊は、旗艦「神通」を先頭に駆逐艦8隻が随伴していた。「神通」は、当初、連合軍艦隊前衛の駆逐艦を発見して、「敵主力は、駆逐艦隊」と軽んじ、直ちに14センチ主砲（7門）の発砲を始めて接近したが、その後方から敵巡洋艦5隻が突然現れたことに愕然とした。

敵軽巡「デ・ロイテル」、重巡「エクゼター」2隻の主砲口径はそれぞれ、15・5センチと20・3センチで、口径、射程、砲数、いずれも敵艦隊が第2水雷戦隊を凌駕していた。

これで駆逐艦を敵艦隊に突入させ、魚雷攻撃を敢行しようとすれば、約1万メートル以内に近接しなければならない。ところが、敵重巡2隻の主砲は、射程が2万6000メートル、残り巡洋艦の搭載する15・5センチ主砲は、射程2万4000メートルはある。「神通」の搭載する14センチ主砲7門では相手にならないのだ。水雷戦隊の戦闘射程圏内に入ろうとしても、それ以前に、敵艦隊主砲で撃破されてしまう。第2水雷戦隊は形勢不利と見て、煙幕を展張しながら、敵艦隊からいったん離脱した。

本格的戦闘は、午後5時47分に生起する。間もなく第2水雷戦隊の後方より5戦隊重巡「那智」「羽黒」、第4水雷戦隊旗艦軽巡「那珂」（5195トン）、第7駆逐隊「潮」「漣」が到着した。最大戦速で戦場に達したのである。

この海戦直前の光景は、敵艦隊が北西方向に進み、第5戦隊とその後方の第2水雷戦隊が敵艦隊の前方を北北東方向から、針路を南西にとった。

日本艦隊は、敵艦隊前方で針路を西に転舵、敵艦隊とほぼ同じ針路をとりながら、同航戦を挑んだ。

敵艦隊重巡２隻、軽巡３隻、日本側重巡２隻、軽巡２隻、双方互いに主砲を撃ち合うが、約２万７０００メートルから２万８０００メートルで砲戦を開始したため、有効打はなかった。

当時、第２水雷戦隊旗艦「神通」の水雷長をしていた池田徳太少佐（海兵60期、後海将補）は戦後、「せめて１万メートルに近接して発砲すれば、水平弾道になるから命中していたと思う」と証言している（佐藤和正著『艦長たちの太平洋戦争』）。「第二水雷戦隊戦闘詳報」（第６号）には、「敵巡洋艦隊ノ砲戦能力ハ優秀」という記述さえある。

さらに日本側は魚雷を27本撃ったが、１本も命中しなかった。

当時の93式酸素魚雷は、性能では世界最強と言われ、速力50ノットで、射程２万メートル、炸薬量５００キロであったが、弾頭が鋭敏すぎて自爆するケースが多かった。ちなみに列国の魚雷は、速力20ノットで射程８０００メートルであった。

日本海軍は、このスラバヤ沖海戦と、続くバタビア沖海戦で合計１５３本の93式魚雷を発射しているが、約３分の１が、航走中に自爆している。

一方、「雷」はこの頃、第2艦隊旗艦「足柄」の直衛として、重巡「妙高」「電」「曙」と共にジャワ海東北海面にいた。戦闘海面の遥か後方である。

午後5時20分頃、「雷」は「足柄」宛ての至急電を傍受する。第2水雷戦隊旗艦「神通」より第1報、「敵巡洋艦ヨリナル有力部隊発見、我交戦中」であった。続いて第2報、午後5時30分頃、「新タニ敵巡5隻、背後ニ現ル」である。

第2艦隊主隊は、直ちに27ノット（第3戦速）に増速し、戦場に向かって航走を開始した。

午後6時30分頃、「エクゼター」が被弾し、艦隊最後尾にいた蘭駆逐艦「コルテノール」に軽巡「神通」が発射した魚雷が命中し、轟沈した。敵艦隊は、日本潜水艦が近くにいるものと錯覚し、隊列を乱して遁走した。

英駆逐艦「エンカウンター」は、被弾損傷した巡洋艦「エクゼター」を護衛し、かつ、「コルテノール」乗員115名を救助して、スラバヤに帰投した。

この救助活動は、日本海軍の偵察機より視認されていたが、日本海軍は一切妨害しなかった。

なお、フォール卿によると、「『エンカウンター』艦長モーガン少佐は、戦後、オランダ政府より、この功績を評価され、最高勲章を授与された」という。

第1回海戦から約1時間後の午後8時50分、第5戦隊と第2水雷戦隊が行動している海面から15キロの距離に、敵連合軍艦隊の駆逐艦5隻（「エンカウンター」欠）を発見し戦闘を再開したが、双方戦果もなく、連合軍艦隊は西方に高速で去った。

2月28日午前0時30分、今度は第5戦隊「那智」「羽黒」が、北上する敵巡洋艦4隻（「エクゼター」欠）を発見、同航しながら砲戦を開始した。

午前1時過ぎ、「那智」が発射した魚雷が、蘭巡洋艦「デ・ロイテル」と「ジャワ」に命中、ドールマン少将は戦死、戦闘は約30分で終結した。敵残存艦隊は反転して、またスラバヤに帰投した。

こうして3月2日午前2時、日本輸送船団は、ジャワ東部クラガンに達し、午前4時、上陸を完了した（予定より2日遅れ）。

スラバヤに帰投していた「エクゼター」は、被弾カ所の応急修理が終わり、2月28日午後6時、「エンカウンター」と米駆逐艦「ポープ」を護衛につけて、インド洋セイロン島コロンボ軍港への逃亡を図った。針路は、スラバヤを北上し、3月1日、ジャワ海上、ボルネオ、ジャワの中間地点付近で針路を西に転じ、スンダ海峡からインド洋に出る予定であった。3月2日に、日本艦隊が上陸作戦のため、ジャワの陸岸に接近し、視点がそこに集中している間にスンダ海峡に達しようとしたのである。

この作戦はうまくいくように見えた。

ところが間もなく、日本偵察機が西進中のこの艦隊を発見する。蘭印攻撃部隊司令部は、日本上陸部隊を襲撃するための行動と解釈し、今度こそ殲滅しようとする。

午前11時3分、北上中の第5戦隊に視認されたため、連合軍艦隊は針路を北西に変えた。

午前11時40分にはこの艦隊の西約31キロに、蘭印攻撃部隊主隊「足柄」「妙高」が到達し、進路を絶った。

連合軍艦隊は、正午頃、針路を東に変える。このままではインド洋には脱出できない。

フォール卿はこの時のことを、「自分は生来、楽天的な性格であったため、何とか日本艦隊の包囲網を抜けて脱出できると信じていました。方位盤の横で測的士官と冗談を言い続けていました」と語った。

ところが、連合軍艦隊はやがて絶望的な局面を迎える。北西側から「足柄」「妙高」に、南東側から「那智」「羽黒」に挟撃される格好となったのだ。しかも双方に2隻ずつ随伴している駆逐艦（「足柄」「妙高」側は「曙」「電」、「那智」「羽黒」側は

「山風」「江風」が、猟犬のように連合軍艦隊に近接し、魚雷戦を挑みつつあった。

午前11時45分、距離2万5000メートルで、「足柄」「妙高」主砲の射撃が開始された。

フォール卿の回顧では、

「我々は日本潜水艦の雷撃を避けるためジグザグに航行しておりました。午後12時40分頃、日本艦隊との距離が1万5000メートルに達したため、『エンカウンター』の主砲は砲撃を開始しました。ところが、命中弾を与えることができなかったのです。

艦隊は変針を繰り返し、33ノットの高速で走り、対潜警戒と避弾運動を繰り返しました。さらに『エンカウンター』は『エクゼター』の周りに煙幕展張を行い、日本側の攻撃をそらそうとしました。

しかも、日本軍の包囲網から『エクゼター』を突破させようとして、『ポープ』と共に日本艦隊に4000ヤードまで接近し、魚雷発射の疑似運動を行いました。この時だけは、日本艦隊が大きくループを描いて回避運動を行い、包囲網に間隙が生じましたが、僅かの間でありました。このため、『エクゼター』は、包囲網から脱出することができませんでした」

一方、午後0時35分、距離1万5000メートルに接近した「電」の12・7センチ主砲の砲撃が開始された。攻撃は指揮官旗を翻す「エクゼター」に集中し、同艦は砲弾がボイラー室に命中し、航行不能に陥った。

午後1時10分、高木司令官より「撃ち方止め！」の号令が下され、艦長オリバー・ロウドン・ゴードン大佐に対し降伏を勧告する信号が発せられた。しかし、「エクゼター」は降伏せず、自沈作業を開始していた。

「エクゼター」マストに、「我艦を放棄す、各艦適宜行動せよ」の旗流信号を揚げ、僚艦に自艦を見捨てるよう指令した。

ここで信じられない光景が発生した。「エクゼター」乗員が次々と海中に飛び込み、日本艦隊に向かって泳ぎ始めたのだ。

午後1時30分、「電」が近接して魚雷2発を発射、間もなく「エクゼター」は左舷に傾き、艦尾から沈んでいった。

「エンカウンター」は、8000メートル東方の海域で30分後に撃沈された。決定打は、「妙高」「足柄」の主砲による集中攻撃であった。

フォール卿は、こう回顧する。

「『エンカウンター』は、砲弾を撃ち尽くした直後に、日本艦隊の艦砲射撃を受けました。その結果、宙に放り投げられる感がしました（注、魚雷が命中したと思われる）。機関長が、オイルポンプ故障を艦長に告げました。艦長は、自沈作業を開始するとともに、『総員退艦！』を発令してきました。『エンカウンター』は、午後2時頃、砲撃で撃沈されました」

「艦長モーガン少佐は『エクゼター』が停止したとき、ここから逃避するか、あるいは停止して『エクゼター』乗員を救助すべきか一瞬迷ったようでした。それは、『プリンス・オブ・ウェールズ』『レパルス』撃沈の際、日本海軍が生存者の救助を妨害せず、しかも、シンガポールまでの帰港も許したということが我々の記憶に残っていたからです。

しかし、『エクゼター』の旗流信号に従い、『エンカウンター』は航進を続行しましたが、間もなく艦首の一門を除き、全部の弾を撃ち尽くしました。

艦長はとうとう決断し、『総員離艦』を号令しました」

「私は方位盤を離れて艦橋に降り、艦長に脱出を促してモーターボートに乗って離艦しました」

「ポープ」はいったんスコールの中に逃げたものの、「エンカウンター」沈没の1時間後、午後3時頃日本海軍航空隊の航空攻撃を受けて、航行不能に陥り、自沈作業中に「足柄」「妙高」の砲撃で沈没する。

一方「雷」はこの頃「電」と交代でパンジェルマシンで、「あけぼの丸」（1万121トン）から燃料、糧食の補給を受け、午前8時に出港した。主隊と合同すべく第1戦速18ノットで西南西方向、針路255度で航行中、午後1時頃、主隊から「敵艦隊ト間モナク交戦スル」の信号を受けた。

この時、「雷」は戦闘海域の東北東約200キロの地点にいたため、27ノットに増速、午後5時頃戦闘現場付近に到着したが、主隊も既に引きあげており、沈没艦艇の重油らしいのが漂っているだけで人影はなかった。

司令部からは、付近海面の掃討を命じられた。このため工藤は、単艦で西北西針路300度にとり、速力18ノットで、ボルネオ島南西350キロに位置するビリトン島方向に向けて航行した。

間もなく日没を迎えた。乗員は後ろの甲板に集まり、「ちぇ！　また、空振りかよ」と、艦尾のウェーキで光る夜光虫の燐光を見ながらぼやいていた。

海の武士道

この蘭印攻略戦に伴う海戦で、おびただしい数の連合軍将兵が乗艦を撃沈され、漂流することになる。この救助や、捕虜としての取り扱いについては、各艦の艦長の判断にまかされ、所属艦隊司令部の許容の範囲内で行われた。

1899年に改訂されたジュネーブ条約では、戦時下でも海上遭難者を不当に放置することは「戦争犯罪」と禁じている。ところが国際法上は、敵の攻撃をいつ受けるかわからない状況では、放置しても違法ではないとされている。

艦艇で負傷したり衰弱した者を救助するには、どうしても艦を洋上で停止させねばならず、敵潜水艦の攻撃を受ける恐れは十分にあった。戦場で漂流者を救助しようとして攻撃を受け、自艦もろとも犠牲になった事例は少なくない。1944年10月25日、フィリピン沖海戦で米軍に撃沈された重巡「筑摩」(1万1900トン)の乗員約100名を救助して航行していた駆逐艦「野分」は、米軍機の攻撃を受けて沈没、乗員273名と「筑摩」生存者全員が戦死したのである。

米軍は、日本海軍と対照的に、漂流中の日本人を発見すると、軍人であれ非戦闘員であれ、容赦なく銃撃を加えている(人道的に救助した事例もある)。

1943年11月27日、ニュー・アイルランド島カビエン西方チンオン島沖で、ラバウル野戦病院からの傷病兵1129名を乗せた病院船「ぶえのすあいれす丸」(9625トン)は、米軍B24爆撃機に爆撃され沈没する。患者、看護婦、乗員は、16隻の救命ボートと発動機艇2隻で漂流するが、12月1日、同じくB24に発見された。この際、漂流中の乗員は、同機に対し、オーニング上に赤十字を表示したが、容赦なく機銃掃射を受け、看護婦を含む158名が戦死している。

米潜水艦も同様であった。1943年9月18日、ニューギニア北方地点で貨物船「関西丸」（8618トン）が米潜水艦「スキャップ」の攻撃を受け航行不能に陥った結果、乗員は救命ボートで脱出したが、この潜水艦は今度は浮上して、漂流中の乗員に機銃弾を浴びせているのだ。

この点、日本海軍は「武士道」に基づき、敵の漂流者や病院船はいかなる場合でも攻撃しなかった。

これは伊号第21潜水艦に機銃員長兼司令塔伝令として勤務した菅原熊男の証言である。

「1942年5月、ニューカレドニアのヌーメア沖で商船を撃沈した。乗員は2隻のボートに分乗して脱出した。そのとき艦長松村寛治中佐（海兵50期、後戦死少将昇進）が、『商船乗員に食料を提供する』と発言し、浮上して堀込連管長が乾パン2箱を遭難者に提供したところ、乗員は盛んにハンカチをふって感謝の意を表していた」

この時艦長は航海長に命じて、乗員に対し最短陸地ヌーメアの方向、北東20マイルを教示していたのである。

なお、伊21は、1942年6月1日、オーストラリア東岸のニューカッスル沖で敵病院船を発見しているが攻撃しなかった。この時、艦内では「敵は日本の病院船を攻撃しているのになぜ攻撃しないか」とどよめきが起こっていたという（これは約5時間追尾してようやく射角に入った直後、病院船と確認された）。

第2小隊「雷」「電」は、敵兵救助に関し、蘭印攻略部隊指揮官（第3艦隊司令長官）高橋伊望中将の直属であったこと、しかも高橋中将の理解があったことが幸運であった。

しかも「雷」は敵兵発見当時、単艦行動をとっていたため、艦長の決断と個性が遺憾なく発揮され、世界海軍史上に特筆される功績を残すことになる。

ちなみに高橋中将は福島県出身、1947年3月に病没するが、1923年8月から約2年間、造兵監督官として英国に滞在しており、親英的な感覚をもっていた。

ではここで、それぞれの艦の行動を比較してみよう。

第2小隊駆逐艦「電」の場合はどうであったか。

1942年3月1日、駆逐艦「電」は、沈没直後の「エクゼター」乗員376人を救助している。当時の情景を、師範徴兵1期で1番砲砲手として同艦に乗艦していた岡田正明はこう証言している。

「一三一〇（午後一時一〇分）射撃は止んだ。一〇一発の連続猛射で砲身の塗料は剝げ落ちている。汗びっしょりのまま上甲板に出る。約一時間にわたる砲撃戦により戦闘能力を失った英国重巡『エクゼター』が、灰色の巨体を横たえている。機関室や缶室に命中したらしい」

「本艦による魚雷発射は一条、二条、白い航跡を残して一直線に進む。物凄い水柱があがった。見事命中、重巡『エクゼター』は右舷に傾きはじめた。一秒、二秒、刻一刻と傾いていく。『沈みゆく敵艦に敬礼』、艦内放送によって甲板上にいた私達は、一斉に挙手の敬礼をした。

忘れられない一瞬だった。友軍機が二機、三機、沈みゆく敵艦の上空を低空で飛んでいた。そして、間もなく『エクゼター』は艦尾から南海にその姿を没した。

（間もなく）『海上ニ浮遊スル敵兵ヲ救助セヨ』の命を受けた」（筆者注・発令者は、第3艦隊司令部と思われる）

「電」は単艦、新戦場（注・「エンカウンター」「ポープ」撃沈海面）に向かわず漂流者救助にあたることになった。

岡田は、当時の状況を鮮明に覚えている。以下は証言による。

「立派な浮舟に乗っている者、救命用具を身につけている者等、多くの敵兵が近くの海面で助けを求めている。直ちに縄梯子、ロープ、救命浮標等で救助にあたった」

「『サンキュウ』と、蒼白な顔の中にも救助された喜びの笑みをたたえ、敬礼して甲板にあがってくる敵兵、激しい戦闘によって大怪我をしている者、シャツは着ていてもパンツのない者等服装もまちまちだ。ズボン、靴下等彼らが身につけているのは純毛だった。『持てる国イギリス』の感を強くした」

一方、「エクゼター」乗員で「電」に救助された英海軍水兵がこう証言している。

「『エクゼター』では、士官が兵に対し『万一の時は、日本艦の近くに泳いでいけ、必ず救助してくれる』といつも話していた」

こうした動きから推察すると、「電」艦長竹内一少佐は、司令部から救助の命令を受ける前から、脱出した「エクゼター」乗員の情況を司令部に発信し、救助の許可を仰いだものと推測される。

そうでなければ、「足柄」艦上の第3艦隊司令部は、「エクゼター」沈没以前に、これを見捨てて北上した「エンカウンター」「ポープ」の追跡攻撃のため移動しており、時間的に見て、「(「エクゼター」) 敵兵救助」の命令は、「電」からの許可要請がない限り出せないものと思われる。

この活動で救助された元英海軍士官2人が、２００4年6月現在、英国に健在である。

この方々に筆者がインタビューした。いずれも戦艦「プリンス・オブ・ウェールズ」沈没後、「エクゼター」に配置された士官であった。

グレム・アレン元大尉は、「『電』中央甲板付近に収容されようとした際、そこにマルチ機銃（多目的機銃）が装備されているのを見て、機銃掃射を受けるのではと、一瞬、背筋がぞーっとした」と、救助された際の第一印象を述べている。

同じく候補生で乗艦していたピーター・アンソン卿（戦後英国海軍に戻り、少将まで昇進する）は「皆救助された喜びで上気して、騒いでいたところ、艦側から『静かにしろ』と怒鳴られた」「救助されたものの、自分達がこれからどういう処遇を受けるのか、どういう運命が待っているのか、不安だった」と、回顧している。

「電」は午後5時まで救助活動に専念し、捕虜を乗せてパンジェルマシンに向かった。岡田の証言によると、「士官は前甲板に、兵は後甲板に収容した。彼らに乾パンとミルクが支給された。艦内各所には、着剣の銃を持った番兵が立った。私も実弾の入っている拳銃を持って弾火薬庫に立った」

「電」と司令部のやりとりは、「雷」電信室で傍受されており、翌日の工藤艦長による救助劇決断に大きな影響を与えることになる。

次は「エンカウンター」の場合である。

フォール卿は、こう証言している。

「艦長とモーターボートに乗って脱出しました。その直後、小砲弾が着弾してボートは壊れました。同時にその断片が首からかけていた双眼鏡を吹き飛ばしてしまったのです。この直後、私は艦長とともにジャワ海に飛び込みました。間もなく日本の駆逐艦が近づき我々に砲を向けました。固唾を飲んで見つめておりましたが、何事もせず去って行きました」（筆者注・「曙」と思われる）

「エンカウンター」乗員は約21時間漂流しており、「エクゼター」と異なって、沈没艦から出た重油の海に浸かり、多くの者が一時、目が見えなくなる。

当時、この海面の気象状況は、快晴で、風向風速東南東から秒速9メートル、従って、英国将兵は炎天下、西北西方向に流されて行った。

フォール卿の証言を続ける。

「救命浮舟に5〜6人で掴まり、首から上を出していました。見渡す限り海また海で、救命艇も見えず、陸岸から150海里も離れ、食糧も飲料水もない有様でした。なおジャワ海には既に1隻の連合軍艦船も存在せず、しかも日本側は我々を放置してしまうという絶望的情況におかれていました」

「私はオランダの飛行艇がきっと救助に来てくれるだろうと、盲信しておりました。沈没地点から北方150海里のところにオランダ軍の基地があり、我々はそこに向けてSOSを発信していたのです。ところが誰も救助に来ません。一夜を明かし、夜明け前になると精気が減退し、沈鬱な気分になって行きました。死後を想い、優しかった祖父に会えることをひそかに願うようになっていたのです」

「1942年3月2日の黎明を迎えた。我々は赤道近くにいたため、日が昇り始めるとまた猛暑の中にいました。軍医長は、ついに自殺のための劇薬を配布し、仲間の1人が遂に耐えられなくなってそれを飲もうとしていました。私は『国にいる家族を思え』とこの戦友を制止しました。軍医はこの時、全員を死に至らしめて未だ余りある程の劇薬を携行しておりました」

一方「雷」は、3月2日午前2時頃、ビリントン島東南70キロの地点で反転し、パンジャルマシン近くで行動する主隊に合同するため、針路120度、東南東方向に針路を変えた。

午前9時50分頃、反転後約112海里航走した地点で、左舷2番見張りの使用する固定12センチ双眼望遠鏡に、フォール卿一行、「エクゼター」「エンカウンター」乗員が映った。

2番見張りは、「左30度、距離8000、異常浮遊物多数！」と第一声を発する。当時、艦の速度は16ノット、工藤は味方艦艇が敵潜水艦に撃沈された直後かと見て、艦内に「戦闘用意」を下令、各見張りに「警戒を厳となせ」と指示した。と同時に27ノットに増速、左10度へ舵をとり目標に艦を近づけた。

艦は約4分航走した。目標はやがて左60度方向、距離4000メートルに近づく。2番見張り、4番見張りからそれぞれ、「浮遊物は、漂流中の敵将兵らしい」「漂流者400以上」と、次々報告が入る。

工藤は、「潜望鏡は見えないか」と、見張りに再確認を指示するが、各見張りとも「敵潜水艦らしきものは見えません」と報告してきた。

艦橋では、この漂流者の集団は昨日の海戦で撃沈された英国艦隊の生存者と分析された。

この直後、先任将校浅野大尉が工藤に意見具申するかのように、「助けましょうか？」と尋ねた。当時工藤の側にいた艦長伝令の佐々木は、今でもこの瞬間をはっきり覚えている。

このまま航走すると、約2分後にはこの集団を左90度方向に見ながら通りすぎることになる。

午前10時頃、工藤は「救助！」と叫び、「取り舵いっぱい」と下令、艦を大きく左に転舵する。そして針路30度に定針し、敵漂流者集団の最前方に、向首したのである。

フォール卿は当時を回顧する。

「午前10時頃（正確には10時10分頃と思われる）、突然２００ヤード（約１８０メートル）の所に日本の駆逐艦が現れました。当初私は幻ではないかと思い、我が目を疑いました。そして銃撃を受けるのではないかという恐怖を覚えたのです」

航海長の谷川清澄元少佐も、「確かに当時の艦橋は、救助しようというムードが満ちていた」と、回顧している。

「雷」はただちに救難活動中の国際信号旗をマストに掲げ、第3艦隊司令部高橋伊望中将宛に「我、タダ今ヨリ、敵漂流将兵多数ヲ救助スル」と、信号を発した。

神、「雷」を祝福す！

工藤はここで速力を徐々に減じながら、漂流者集団の最前方距離１８０メートル手前風上で、艦を急停止するため「後進いっぱい」を下令、先任将校は改めて、「敵溺者救助用意！」と伝声管を使って各部署に号令した。

これは相当な決断であった。3月1日午後10時30分頃には、この海域で輸送船「加茂川丸」が敵潜水艦の攻撃を受けて沈没、兵学校時代の教官清水巌大佐（海兵39期）が、船長で応召されており、船と運命を共にした。日本海軍戦闘詳報には2月27日から3月1日にかけて、ジャワ海で、「敵潜水艦合計7隻撃沈」の報告もなされている。

谷川元少佐はこう証言する。

「救命筏8個が浮遊しており、その先頭に高級士官が乗っているのを確認した。さらに筏を取り巻くように、遭難者が頭だけ出してそれぞれ筏に摑まっていた。しかも最前方筏の上に、白服で大佐の肩章を着けた高級将校1人と、少佐が座っており、中佐の制服をつけた士官は重傷を負って横たわっていた。大佐は、『エクゼター』艦長ゴードン大佐、重傷を負っている中佐は同艦副長であった（氏名不詳）。少佐は『エンカウター』艦長モーガン少佐であった」

「これはまだいい方で、下士官兵の重傷者の中には、浮遊木材にしがみつき、『雷』に、最後の力を振り絞って、泣きながら救助を求めていた」

その形相はまことに哀れで、顔面は重油で真っ黒に汚染され、被服には血泥と汚物が張り付いていた。

工藤艦長は、当初二つの脅威を警戒し、対策を講じていた。

①潜水艦および水上艦艇または航空機による攻撃。

②艦乗員の2倍以上の敵兵を救助するため、この捕虜が蜂起する恐れに対する備え。

そこで当初、以下の対策を講じた。これも当時艦橋にいた谷川元少佐の証言である。

①潜水艦の襲撃に備えて爆雷投下用意、魚雷発射管3門のうち1門は即時発射用意。

②水上艦艇や航空機による攻撃に備えて見張り哨戒員を増やし、艦周辺の警戒を厳重にした。

③①、②の攻撃に備えて、機関科エンジン全開準備。

④英国将兵の万一の蜂起に備えて艦内要所に警戒員を配置すると共に、艦橋には軽機関銃チェコ製のベルグマン機銃に銃弾をフル装填した。

ところが、英国海軍将兵の衰弱が予想以上にひどく、その大半が縄梯子さえ自力で上がれない状況にあることが間もなくわかった。もはや彼らの生命は一刻を争う状況にあると判断された。

艦長はここである決断をした。左舷のラッタル（艦艇が岸壁係留時に使用する艦載の大型階段）を降ろしたのだ。これはたとえ友軍救助であっても使用しないものだった。谷川少佐の証言では、彼らはそれを這ってようやく甲板に上ってきたという。さらに警戒要員の大半を救助活動に振り向けた。

そこで工藤艦長は、日本海軍史上、極めて異例な号令を発した。

「1番砲だけ残し、総員、敵溺者救助用意」

当時甲板士官として舷門付近で救助の指揮をとった第1分隊長田上俊三中尉（後大尉）は、また別の懸念をもっていた。

開戦以来の戦闘行動によるストレスから、乗員が捕虜に暴行を働くのではないかということであった。

ところがこれは杞憂に終わった。日頃艦長に隠れて兵に鉄拳制裁を加える強面の下士官たち（兵曹クラス）こそが救助に懸命になっていたのだ。

英国海軍将兵は、当初恐怖を露わにしていたが、「雷」甲板上の雰囲気に、間もなく救助されることを感じ取り、顔は和み始めていた。

工藤は、先任将校に救助の全般指揮をとらせ、航海長に後甲板を、砲術長に中甲板における救助の指揮をとらせた。

ここで中野兵曹が所属する第1分隊が救助の中核になった。彼らは砲塔内で主砲発射のため弾薬を運搬、装塡する作業をするため筋骨隆々たる者が多かった。この力持ち集団こそが歩行もままならぬ英国将兵を担ぎあげることになる。

佐々木は、こう回顧する。

「筏が艦側に近づいて来たので『上がれ！』と怒鳴り、縄梯子を出しましたが、誰も上がろうとしません。敵側から、ロープ送れの手信号があったのでそうしましたら、筏上のビヤ樽のような高級将校（中佐）にそれを巻き付け、この人を上げてくれの手信号を送ってきました。5人がかりで苦労して上げましたら、この人は、『エクゼター』副長の中佐で、怪我をしておりました。

それから、『エクゼター』艦長、『エンカウンター』艦長が上がってきました。

その後、敵兵は、『雷』に我先に殺到してきました。一時、パニック状態になったので、ライフジャケットをつけた英海軍の青年士官らしき者が、集団後方から何か号令をかけました。すると、整然となりました。この人は、独力で上がれない者には、我々が差し出したロープをたぐり寄せて、負傷者の身体に巻き、そして、引けの合図を送り、多くの者を救助しておりました。『さすが、イギリス海軍士官』と、思いました」

「彼らはこういう状況にあっても秩序を守っておりました。艦に上がってきた順序は、最初が負傷兵、その次が高級将校、そして下士官・兵、最後に初級士官の順でした。その後、私は、ミッドウェー海戦で戦艦『榛名』乗員として、カッター（手漕ぎボート）で沈没寸前の空母乗員の救助をしましたが、この光景と対照的な情景を目にしました」

「雷」乗員の胸を打ったのは、浮遊木材にしがみついていた重傷者が、最後の力を振り絞って、「雷」舷側に泳ぎ着く光景であった。彼らはロープを握る力もないため、取りあえず乗員が支える竹竿を垂直に降ろし、これに抱きつかせて、「雷」乗員が内火艇で救助しようとした。ところが、その殆どは竹竿に触れるや、安堵したのか次々と力尽き、水面下に静かに沈んで行くのだ。

日頃、艦内のいじめ役とされた強者たちも涙声になり、声をからして、「頑張れ！」「頑張れ！」と甲板上から連呼するようになる。

この光景を見かねて、2番砲塔の斎藤光1等水兵（秋田県出身）が、独断で海中に飛び込み、立ち泳ぎをしながら、重傷英兵の身体や腕にロープを巻き始めた。

先任下士官が、「こら、命令違反だぞ！　誰が飛び込めと言った」と、怒号を発したが、これに2人が続いて、また飛び込む。

一方、ラッタル中途で力尽きる英海軍将兵もいた。当然あとがつかえた。放置すると後続者の体力がやがて尽きる。

そこで中野2等兵曹がかけつけ、ラッタル中途の重傷者を抱きかかえて昇った。呆気にとられていた日本海軍水兵は、この中野兵曹の指示に従った。

艦橋からこの情景を見ていた工藤は決断した。

「先任将校！　重傷者は内火艇で艦尾左舷に誘導して、デリック（弾薬移送用）を使って網で後甲板に釣り上げろ！」

もう、ここまで来れば敵も味方もない。まして海軍軍人というのは、日頃、敵と戦う以前に狭い艦内で、昼夜大自然と戦っている。この思いから、国籍を超えた独特の同胞意識が芽生えるのだ。

日本海軍を恐れていた英国将兵も、残った体力のすべてを出して「雷」乗員にすがった。甲板上では「雷」乗員の腕に抱かれて息を引き取る負傷英兵もいた。

フォール卿は、こう回顧している。

「私は当初、日本人というのは野蛮で非人情、あたかもアッチラ部族かジンギスハンのようだと思っていましたから、『雷』を発見した時は、機銃掃射を受けていよいよ最期を迎えるかとさえ思ったのです。ところが、『雷』の砲は一切自分たちに指向せず、救助艇が降ろされ、救助活動に入ったのです……」

「駆逐艦の甲板上では大騒ぎが起こっていました。水兵達は舷側から縄梯子を次々と降ろし、微笑を浮かべ、白い防暑服とカーキ色の服を着けた小柄な褐色に日焼けした乗組員が我々を温かく見つめてくれていたのです。我々は艦に近づき、縄梯子を伝ってどうにか甲板に上がることができました。我々は油や汚物にまみれていましたが、水兵達は我々を取り囲み、嫌悪もせず、元気づけるように物珍しげに見守っていました。

それから木綿のウエス（ボロ布）と、アルコールをもって来て我々の身体についた油を拭き取ってくれました。しっかりと、しかも優しく、それは全く思いもよらなかったことだったのです。

友情あふれる歓迎でした。

私は緑色のシャツ、カーキ色の半ズボンと、運動靴を支給されました。これが終わって、甲板中央の広い処に案内され、丁重に籐椅子に導かれ熱いミルク、ビール、ビスケットの接待を受けました。

私は、まさに『奇跡』が起こったと思い、これは夢ではないかと、自分の手をつねったのです」

「間もなく、我々士官は前甲板に集合を命じられた。また何をされるか、不安になりました」（3番砲塔射手の勝又正（当時1等水兵）の記録には、救助された准士官以上の者は21名と記されている）

「艦長日本帝国海軍中佐シュンサク・クドウは艦橋から降りて来て、我々に端正な挙手の敬礼をしました。我々も遅ればせながら、答礼をしました。

キャプテン（艦長）は、流暢な英語で我々に、こうスピーチされたのです」

You have fought bravely.
Now you are the honoured guests of the Imperial Japanese Navy.
I respect the English Navy, but your government is foolish to make war on Japan.

フォール卿はさらに、目を潤ませて語った。

「『雷』は、その後も終日海上に浮遊する生存者を捜し続け、たとえ遥か遠方に1人の生存者がいても、必ず艦を近づけ、停止し、乗員総出で救助してくれました」

「雷」は、午前中だけで404人、午後は18人を救助した（水没したり甲板上で死亡した者を除く）。

甲板は立錐の余地もないほど、日英両海軍将兵であふれていた。

フォール卿は、私に「日本の武士道とは、勝者は驕ることなく敗者を労り、その健闘を称えることだと思います」と語った。

青年士官の不満

佐々木はこの救助活動の最中に、一青年士官の言動に関する驚くべき証言をしている。同期の水兵の話であるが、救助活動の最中に、兵学校出の若年士官が何やら不機嫌に独り言を言っている。聞き耳を立てれば、艦長への不満であった。青年士官曰く、「艦長は何を考えているんだ。俺達は戦争しに来ているんだ……」

私は、この青年士官が誰であったか何度も尋ねたが、佐々木は、「名前は覚えていない」と、それ以上の証言を断った。

確かにこの頃、「石油の1滴は、血の1滴」と言われ、また、艦内の真水をつくるためにも燃料を消費していた。従って直接、燃料を制御する機関長以下の機関科員は、絶えず燃料節約に努力し、また乗員は真水を節約するため、洗面や飲料水にも細心の節約を心がけていたのである。

当時、駆逐艦乗員が1日に自由に消費できる真水の量は、洗面器1杯分とされていたのである。

艦長は、敵兵救助のため、艦の停発進を繰り返して燃料を激しく消耗し、また前述のように、重油で汚染された敵兵を洗浄するため、アルコール、ガソリンを使い、さらには、真水まで使用している。

その後の救助活動の模様を詳述すると、まず甲板中部に約4メートル張り出した巨大仮設トイレを急造し、下士官以下の大便はここでさせた（士官は、艦内のトイレを使用）。ところが赤道直下である。甲板には強烈な太陽光が天頂からさして来た。海水から上がった喜びもつかの間、今度は敵将兵を太陽光が襲った。1時間も経過すると、身体の重油を落とすために使用した、ガソリンやアルコールが災いして、今度は彼らの身体に水泡ができた。

艦長はそこで、前甲板に大型天幕を張らせ、そこに傷病者を休ませた。艦が走ると風も当たり心地良い。但しこれで前甲板の主砲は使えなくなったのだ。「雷」は、もはや病院船となったと言っても過言ではなかった。

救助された敵将兵はどう行動していたのであろうか。いくつかの証言を記載する。

「彼らからは、『負けた』とか『捕虜になって恥ずかしい』、『口惜しい』なんていう

感情は全く読みとれませんでした。『助かった』という安心感からか、極めて明るい表情になっていました」（勝又証言）

勝又の話では、「なかには要領のいいのがいて、ペットのサルを抱いて、甲板に上がって来た者もいた」という。

勝又は、敵兵から、救助のお礼として貰ったコインを、今も大事に保存している。

『奇蹟の海から』を著した橋本衛は、その著にこう表現している。

「我が班の草間兵曹は器用なのでミシン係をしているが、彼が早速大砲の手入れ用の木綿で褌を縫って渡してやると、『おお、フンドシ』と大喜びしている。彼らは本艦にあがると、靴も、服も、下着もどんどん脱いで海に捨て、素っ裸になってしまった」

「われわれの私物のパンツやシャツにも限度があるので、褌やパンツの渡った者は運のいい方で、のろまな者は素っ裸のまま、バカでかい男性のシンボルをブラブラさせながら並んでいるのも多い」

「われわれは、自分たちすら貴重この上もないものとしている真水や乾パンも、彼らに配給した。彼らはしかし、必要なだけ乾パンを取るとつぎつぎと箱をまわし、残ったのをそのままこちらに返してよこした。英国は紳士の国と聞くが、まさしくそのとおり、われわれなら先をあらそって一個でも余分に掠めとろうとする根性をまる出しにする場面なのに、まったく整然とした行為だった。これにはわれわれは驚嘆した」

佐々木は、このように証言している。

「万一に備えて、3基ある主砲の最低1基は使用できる状態にしておかねばならない、そこで後甲板の3番主砲を可動状態にすることにした。しかし、救助された敵兵は、炎天下で日陰を求めて砲の下に潜り込む者がいた。これでは緊急時に砲を旋回させると、敵兵を傷つけてしまう。そこで、この周りにロープを張るよう指示されました。付近にいる衰弱した敵兵を、砲塔員が1人1人を抱いて動かしていました」

ところでこの救助劇で、「雷」に1等水兵で乗艦していた方がもう1人健在でいる。この方の証言も披瀝したい。但し本件は種々の事情により、証言者の名前は公表できない。

「(救助された)敵兵は、甲板に上がって倒れる者もおり、殆どの者がフラフラ歩いておりました。取りあえず、前甲板に収容することになり、巨人の群が続きました。青い目、ちぢれた赤い髪、『毛唐』とはうまく言ったものです」

「カンメンポウと生水を与えると、すっかり喜んで食うわ飲むわ。水は結局全員で3トンは飲んでしまいました。士官は特別待遇でご馳走が出ました。但し士官の態度は貫禄はありましたが、中には、呆れた者もおりました」

「彼らは全員浮きバンドや、救命着（ライフジャケット）を着けておりました。戦闘配置につく時に着けたのでしょう。日本人には考えられないことでした」（筆者注・当時日本駆逐艦の救命具は、艦内に特別短艇員用のライフジャケットが4個ぐらいしかなかった）

「（下士官兵は）腕に大抵入れ墨を入れておりました。日本の丸髷美人のものもありました。坊主頭は1人もいない、全部縮れ毛を伸ばしておりました。年齢は18歳から50歳くらいの禿までごっちゃでした。1人は『22歳だ』と言い、『スコットランド生まれだ』と言っておりました。煙草をやったら喜んで、1ペニーの金をくれました。もう1人は、ロンドン生まれだと言い、年は35歳で、ワイフと子供が2人いると言っておりました」

「番兵が小銃に着剣して警戒にあたっておりましたが、疲れきっているので全く素直でした。これが大英帝国の姿かとも思いました」

「エクゼター」「エンカウンター」の両艦長は、洋上で邂逅した旗艦「足柄」に、午後4時頃、内火艇（エンジン付きボート）で移送された。舷門付近で見送る工藤と両艦長はしっかり手を握り、互いの武運長久を祈った。

高橋伊望中将は双眼鏡で、「足柄」艦橋ウイングから接近する「雷」を見て、甲板上にひしめき合う捕虜の余りの多さに唖然とした。

明るい英国水兵はいかにも日本海軍に移籍したような気分になり、「足柄」に手を振る者もいた。

実際、佐々木の話では、日本風の入れ墨をした若い水兵が、このまま日本に行けると思い、「フジサン」「ゲイシャ」と期待をこめて発言する者もいたという。

この時、第3艦隊参謀で、工藤クラスの山内栄一中佐（後大佐）が、高橋中将に、「工藤は、兵学校時代からのニックネームが『大仏』であります。非常に情の深い男であります」と発言し、司令長官を笑わせた。

高橋中将は、「それにしても物凄い光景だ。自分は海軍に入っていろいろなものを見てきたが、この光景は初めてだ」と、発言していたという。

工藤は、高橋中将に敬礼するため、信号兵に敬礼の事前ラッパ吹奏を指示、自身もウイングに出て「足柄」ウイングに立つ高橋中将に挙手の敬礼をした。

「足柄」には、砲術長に若色伊三郎中佐（後大佐）がいた。山内と若色は「雷」と洋上会合時、艦橋のウイングから工藤に挙手の敬礼を簡潔に送っている。2人とも工藤に敬意を払い、爽やかな海軍式敬礼を行い、工藤もこれに答礼した。「足柄」「雷」の両ウイングから同期で交わす敬礼は格別であった。

救助された英海軍将兵は、一晩、「雷」で過ごすことになる、工藤は、敵将校たちの士官室の使用を許可した。

佐々木は艦橋で艦長が発言したことを、昨日のことのように覚えている。

艦長曰く、「おい伝令、もしも彼らに反乱を起こされれば、命取りになるなあ。背は高いし、力は強い、どこを壊されても大変だなあ！」

しかし、艦長の顔には自信と迫力があった。工藤得意のブラック・ジョークである。佐々木が日頃弱々しくしているので、からかうつもりでこのような発言をしたのであろう。

オランダ病院船の横着

佐々木はその夜、月明かりのさす艦橋で見た艦長の顔をはっきり覚えている。神々しく、髭を蓄えながらも、実に端正に見えたという。

工藤は南十字星を眺めながら、鈴木貫太郎校長を思い、あるいは兵学校英語教官リー教授、その妹でかつて文通を交わしたテレサのことを思ったことであろう。

「雷」は高橋中将の命により、翌3月3日午前6時30分、ボルネオ島パンジェルマシンへ入港する。停泊中のオランダ病院船「オプテンノート」へ捕虜を引き渡すためである。

「オプテンノート」は日本海軍に抑留されているとはいえ病院船のため、戦時国際法に従い、オランダ国旗が掲揚されていた。同船は、敷設艦「蒼鷹《そうよう》」（1345トン、艦長小山猛男中佐、海兵46期）の監督下に置かれていた。

蘭印部隊司令部より、事前に同船に対し、国際信号をもって捕虜引き渡しの通知はなされた模様である。

ここで「雷」は「オプテンノート」から、「本船右舷、後半部分に接舷せよ」の信号を受ける。ところが、接舷をめぐって双方の食い違いが生じ、甲板員同士の口論も起こっていた。

艦橋でこのやりとりを見聞していた佐々木は、こう証言する。

「オランダ船は、国際法に基づいて保護されていることもあって高圧的でした。『雷』より全長が短いにもかかわらず、『後半分に横付けしろ』と要求しておりました。これに対して艦長は、『いくら国際法で守られているからといって随分と無理難題をふっかけてくるもんだ』と、笑っておられました」

前出の「雷」元乗務の1等水兵は、こう証言している。

「太陽が顔を出すと同時に、横付けを完了しました。(『オプテンノート』は)前甲板といわず、中甲板といわず俘虜で満員の状況でありました。こちら側と向こう側で、名を呼び、手を取り、口笛を吹き、生きている喜びに夢中になっていました。日本人の頭ではとても考えられないことでした。

とても愉快だったのは、横付けを手伝ってくれた黒い大東亜の同胞が、我々に敬礼をし、にっこり笑ってくれたことでした。とても嬉しかったです」

佐々木はさらにこうつけ加える。

「接舷作業が開始されると、英兵が『雷』艦上から『オプテンノート』船上の戦友に向かって、右手を高くあげ、次に右小指を頭につけて今度は親指を伸ばし、また右手を高くあげて歓声を出していました」

こうして、「オプテンノート」にタラップがかけられると、捕虜は士官を先頭に移乗を開始した。士官はマストに掲揚された旭日の軍艦旗に挙手の敬礼をし、また、向きを変えて、ウイングに立つ工藤に敬礼して、「雷」を後にした。工藤艦長は、丁寧に士官1人1人に答礼をしていた模様である。

一方、兵たちは「雷」乗員と抱き合って別れを惜しみ、移乗後は「雷」が見えなくなるまで手を振り続けていた（谷川証言）。

「エクゼター」副長以下重傷者は、担架で移乗された。とくに工藤は、負傷して横たわる「エクゼター」副長を労り、艦内で療養する間、当番兵をつけて身の回りの世話をさせた。「エクゼター」副長もまた、移乗の際、涙をこぼしながら工藤の手を握り、感謝を表明していたという。

「雷」はその後、タンカー「あけぼの丸」（1万1211トン）から補給を受け、午前8時30分出港する。そして主隊重巡「足柄」への合同を急いだ。

「あけぼの丸」船長（氏名不詳）は、「雷」が燃料、食糧すべてを使い果たしているのを見て唖然としていたという。

「オプテンノート」は3月9日、マカッサルに護送され、捕虜は、重傷者を除き当地の連合軍捕虜収容所に移送された。さらに10月16日まで、同船はマカッサルの西1・6キロの所に錨泊し、捕虜収容所から送られてくる傷病者のための水上病院として使用された。

当時（3月1日、2日頃）、同船を臨検中に目撃した証言が残っている。

「蒼鷹」の掌砲長桑原正文である。桑原は、月刊「水交」の中でこう述べている（1

976年1月号、海兵61期、水交編集主任澤島栄次郎論考)。

① 3月1日昼過ぎ、ジャワ東方攻略部隊泊地パンジェルマシンに、オランダ病院船オプテンノートが入泊して来た。午後になって、わが小艦艇(掃海艇、駆潜艇、特設駆潜艇)が燃料補給のため同地に入泊した際、各艦艇が海上で救助した満載の捕虜を病院船に移した。

② 病院船舷門で数えた人員は、900名以上で、その中には、「エクゼター」の副長(中佐)ほか数十名の士官がいたと記憶する。

③ 負傷者の手当は病院船の軍医官が行ったが、捕虜に対する食糧、飲料水の供給は、「蒼鷹」より行い、福神漬入り握飯900人分も給食した。

フォール卿も、「しばらくの間、握り飯を食べさせられたことを覚えている」と語った。

この証言には、さらに伏せられた部分があった。「水交」(1979年5月号)に澤島がその部分を発表しているが、これは当時「オプテンノート」の軍医の証言に対する反論という形で行われている。

1979年2月19日「ジャパン・タイムス」投書欄に、ロッテルダム在住のA・W・メレマ元軍医が、「病院船オプテンノート号の軍医だった私」と題して、「(日本海軍による）オプテンノート号の拿捕がヘーグ条約の厳格な規定に違反していたのは、明確な事実である」と、表現していたからである。

澤島の反論はこうだ。

① 1976年1月号に、オプテンノート号が3月1日にジャワ東方攻略部隊泊地に入泊して来た時に現認した事を詳しく書いて来て下さった方があったが、調査と関係のない事項は国際関係も考えて掲載しなかった。

それは、病院船内における彼らの態度と収容者の処遇に関するものであった。負傷者は引き取るがそれ以外は引き取らないと（「オプテンノート」側が）言ったり、治療はするが給食はしないと言っている。（オプテンノート号は）士官と兵、白人と有色人種との差別待遇も甚だしかった。夜は、船の士官だけでパーティを開いているのを現認している。一体病院船の士官や軍医は海戦における自分達の任務をどう考えているのだろうか。

② ヘーグ条約といっても多くの条約がある。病院船に関するものでも、『病院船に関する条約』だけでは律し得ない。病院船は、いかなる場合にも攻撃・捕獲は出来ないが、臨検・抑留は出来る。病院船は、傷病者および難船者に援助を与え、治療し、輸送することを唯一の目的としたものでなければならない。しかし、無

制限の行動が保証されているわけではない。何処の国にも自分の良い事のみを書き言う人がいる事を付言しておく。

現在、英国にこの時日本海軍に救助され、「オプテンノート」に収容された英海軍士官がもう1人居住している。この方は、氏名を秘匿することを条件でこう証言した。『オプテンノート』船内に於いて、英海軍将兵に対するオランダ側の処遇が冷淡であった。このため、仲間達が集まって、日本海軍は紳士だから、この処遇を改善してもらうよう陳情しよう」と決議した。

フォール卿はその後、どのような捕虜生活を送ったのであろうか。以下はフォール卿の自伝『マイ・ラッキー・ライフ』からの引用と証言を総合したものである。

「オランダの病院船からマカッサル（セレベス島）の捕虜収容所までは徒歩で行進しました。路上に見た住民たちはかなり親日的で、軒ごとに日章旗が掲揚されていました。それに反して、彼らは自分達をかなり敵愾心をもって見ているようでした。

捕虜収容所は元オランダ軍の施設でした。当初は鉄条網もなく、さほどの束縛もありませんでした。土間に寝起きさせられていましたが、後に、小さなベッドと蚊帳が支給されました。ここには、英海軍、オランダ海軍、少数の米海軍の士官を含め兵卒もまじって収容されていました。

ある時、私はオランダ海軍士官と脱走を試みました。ところが、買収したはずのインドネシア人が日本軍に通報し、それは失敗に終わったのです。これ以降、自分は英国海軍の上級士官から2度とこういう行為はするなと言われました。

日本兵はわれわれが勉強することを許してくれました。そのため、私はこの環境を利用してオランダ語、マレー語、インドネシア語を学んだのです。このことは戦後自分の外交官活動に大変役に立ちました。

1942年の暮れ、ある日本人のジャーナリストが収容所を訪れ、私は取材を受けました。

彼は長年の滞米経験があり、われわれに同情的で彼は私にインタビューし、その内容を国際放送（東京放送）で必ず放送すると約束してくれました。その時、私が語ったのは次のようなことでした。

①　両親あて。私は現在日本の捕虜になっている。日本の処遇はいい。現在語学を懸命に学んでいる。

②　恋人メレター（現夫人）へ、私の愛を君に送る。

戦後になって解ったことですが、この放送はロンドンのアマチュア無線家によって受信され、両親に電話で知らされていました。

両親はすぐにこれが偽物でないことを確信しました。なぜならメレターは、私のフィアンセの愛称だったからです。これは当時スウェーデンにいたメレターの兄にも伝えられました。

その後捕虜は分けられ、私はセレベスの東岸にあるパマラに移され、そこで終戦を迎えました。1945年10月29日にリバプールに帰還し、12月8日にメレターと結婚しました」


ここで「蒼鷹」の特務士官の手記を紹介したい。「雷」乗員ご遺族から提供されたものではあるが、この士官の氏名は現在調査中である（掌砲長桑原正文と思われる）。

「蒼鷹」は「オプテンノート」から溢れた敵将兵を収容したり、陸上の施設に移動させる任務を担当していた。なお帝国海軍は軍医を「蒼鷹」に配置して傷病者の手当を行わせた。

「連合軍の捕虜達は素直でおとなしく、軍紀は守られ、日本側士官の指示に従っていた。トランプにふける者、家族の写真を出して眺め勇気づけられている者、国歌を合唱している者もいた。本艦が急に捕虜達の輸送を命ぜられたが、当初これ等捕虜に給与すべき食糧を搭載しておらなかったため、本艦兵員用の食糧を分け与え、乗員と同等の食事をとらせた」

「艦内が暑いので、捕虜達は昇降口の階段まで来ては我々と話し合った。面白いのもいて融和がはかれた。その度に数少ない煙草をやると喜んで、一本の煙草を三人位いで吸っていた。翌日、大分雰囲気も和らいできたので、私は船室に降りていき、様子を一巡した。冗談を言って捕虜達を笑わせたが、その中に『エクゼター』の艦長や副長がいて仲良くなり、戦争が終わったら再会する事を約束した。

副長が怪我と病気をしていたが、部下達が一生懸命看病していたのが印象的であった」

パンジェルマシンからマカッサルへの捕虜移送は「蒼鷹」によって行われたが、敵将兵達は「蒼鷹」乗員との別れを惜しんで懸命に手を振り続けていたという。

本件に関してはメレマ元軍医も、「日本海軍士官の態度はすこぶる礼儀正しく、親切に振る舞っていた」と記述している。

ところで、この救助劇はその後秘匿された。

1941年4月1日には、生活必需物資統制令が公布され、配給統制の全面化が実施されており、敵を救助するとはいえ、艦載の燃料、食糧、被服のすべてを提供したと国民が知れば、ひんしゅくを買うと帝国海軍は危惧したのである。

1940年7月頃にはすでに、贅沢になりがちな温泉地で、警官が旅館ホテルの厨房を臨検するようになっていた。

中野兵曹は、1942年11月の書簡を、「昭和十七年も後残りすくないです。大きな出来事の連続でした。越すには惜しい意義深い年でした。」と結んでいる。中野兵曹は、西田への書簡の中で、軍機密に関するようなことも若干述べているが、本件だけは西田をはじめ、両親に宛てた書簡にも一切触れられていない。

なお、西田に宛てたこの手紙が中野兵曹の最後の手紙となった。

第七章　駆逐艦「雷」昇天す

勝利の女神は微笑まず

ジャワ沖海戦の後、「雷」はどういう航跡をたどるのだろうか。

　1942年3月5日、比島部隊に編入され、マッカサルで補給の後、ジャワ海を後にすると、単艦でセレベス海を北上し、9日にフィリピン・ルソン島のオロンガポ湾に入港した。

「雷」はフィリピン・スービックで第1小隊と合同、10日には「電」も入港し、久しぶりに第6駆逐隊は全艦が顔を揃えた。

　この1日前の3月9日、連合軍総指揮官でオランダ陸軍中将ハイン・テルプールテンは、全軍に停戦命令を発した後、降伏した。

当初3カ月かかるとされた第1段作戦は、予定より約1カ月早く終了した。

この勝利は、綿密な作戦プランと、緒戦における制空権の確保、さらには東南アジア民衆の絶大な支持があったからなのだ。

ところが驚くべきことに、我が国は第2段作戦以降について綿密なプランを立てていなかった。しかも陸海軍の統合運用に失敗し、さらに海軍自体も分裂していた。軍令部と連合艦隊の齟齬《そご》である。これに、驕りと油断が生じていた。

一方、3月11日夕刻、コレヒドール島にいたダグラス・マッカーサー大将は、夫人と一人息子、サザーランド参謀長、チャールズ・A・ウィロビー情報部長（日本占領後、GHQ参謀第2部長）ら随員20人と、魚雷艇4隻に分乗し、クーヨー島経由でカガヤン島に脱出、さらにカガヤン島近くのデルモンテ飛行場からB17、2機に分乗してオーストラリアに逃亡した。

有名な「アイ・シャル・リターン」は、この直後オーストラリアでの記者会見で発した言葉である。

第6駆逐隊はこの頃、休養と補給を実施しており、マッカーサー拘束という千載一遇のチャンスを逃すことになる。

いや、米軍は現地人の情報部員を使って、日本海軍艦艇の行動を逐一監視していたのである。

3月13日、第6駆逐隊はフィリピン西方海面に行動、在比米軍の海上封鎖作戦を実施する。ところが、米国は南方資源地帯から日本へのシーレーンを遮断しようと、この海域に潜水艦を多数投入し、また機雷も敷設していた。

工藤は乗員に気の緩みが生じないよう、先任将校に対したびたび注意している。15日には浮遊機雷を発見し、機銃弾で処分した他、16日には米国船籍貨物船2隻を拿捕、18日には、米国潜水艦1隻を撃沈した。

とくに米国潜水艦撃沈のシーンは鮮やかだった。夜間、司令駆逐艦「響」を先頭に、「暁」「雷」「電」の順序で縦列航行中、「雷」の見張りが艦隊進路右40度方向に、浮上中の敵潜水艦を発見する。「雷」はただちに主砲発射、面舵に変針（右方向に変針）し、急速潜航した目標の頂上付近に爆雷を投下した。間もなく、大きな気泡と重油が海面にわき出してきた。

工藤はこの頃から、日本海海戦以来、日本海軍が踏襲してきた主砲発射手順を短縮し、初弾発砲に要する時間を3分の1以下に短縮していたのである。まず航行中、航海科員は主砲科員に対し絶えず風向風速、自艦の進路、速力を伝え、また艦長は伝令を通じて艦内各部乗員に艦周辺の状況を認識させていた。

この時も、艦長は見張りからの報告を受けるや否や、目標の方向、距離を指示した後、「撃ち方始め」の号令のみを下令していた。間髪を入れず、各砲塔はいっせいに射撃を開始していたのである。

駆逐隊司令は、この直後から、「雷」を先頭艦に指定した。

第6駆逐隊は、間もなく第1艦隊に編入され、「内地帰還」を命令された。艦隊はジャワ方面から日本へ向け北上する油送船団を護衛しながら、馬公経由で26日午後4時、呉に入港した。

「雷」は4月3日、母港横須賀に帰港し、9日まで田浦にある浅野ドックに入渠して艦体整備にかかった。

ところが18日、太平洋北方から日本列島東方に米空母「エンタープライズ」(1万9800トン)、「ホーネット」(1万9900トン)の2隻が接近し、「ホーネット」から発進したB25爆撃隊が、国土を初空襲する。

第6駆逐隊は、連合艦隊司令部より、「直チニ出港シ、敵空母ヲ撃滅セヨ」の至急電を受ける。

同隊は乗員の休暇を返上し、翌19日出港、小笠原方面に急行するが、敵はすでに逃

落とそうとする意気があったという。

「雷」艦内は、「今度こそ、戦闘ができる」と興奮がみなぎっており、海鳥さえ撃ち落とそうとする意気があったという。

一方、南雲中将指揮する空母「赤城」「蒼龍」（1万5900トン）、「飛龍」（1万7300トン）、「翔鶴」「瑞鶴」（いずれも2万5675トン）計5隻を基幹とする第1航空艦隊は、インド洋に進出、セイロン島を根拠地とする英国東洋艦隊を攻撃した。

なお空母「加賀」（2万6900トン）は1942年2月、パラオ西水道で座礁し、艦底を損傷したため、修理のため内地に帰還していた。

4月5日早朝、日本海軍航空隊はセイロン島のトリンコマリー、コロンボの両港を空爆、午後には、重巡「コンウォール」、「ドーセットシャー」（いずれも1万3450トン）の2隻を撃沈、翌日には、空母「ハーミズ」（1万3200トン）を撃沈した。

英空軍は日本海軍の暗号を解読し、主力を南方に避退させるとともに、セイロン島上空に戦闘機42機をもって迎撃体制を敷いていた。

ここに零戦隊39機が進出し、たちまち大空中戦となるが、零戦はとにかく強力で、英軍機19機をあっという間に撃墜した。

第1航空艦隊5隻の空母に搭載された合計315機の艦載機は、当時まさに無敵を誇っていたのである。とくに「コンウォール」「ドーセットシャー」は攻撃開始から僅か17分で撃沈しており、命中率88パーセントを誇った。先の「プリンス・オブ・ウェールズ」撃沈の際は、雷撃隊が主力であったが、今回は急降下爆撃隊が主力であった。

ここでも武士道は遺憾なく発揮された。

4月5日早朝、セイロン島航空撃滅戦のため南方約120海里、空母「蒼龍」から発艦した原田要機は、セイロン島上空で、ジョン・サイクス（元空軍中佐）操縦の「フルマー」機を撃墜した。その後、水田に不時着した「フルマー」機にとどめを刺さなかった。結果、サイクスは脱出に成功した。

原田は、2001年8月6日、ドーセット州シェルボーンのサイクスを訪ねて、互いに健闘を称えあった。

また日本航空部隊が英空母「ハーミス」を撃沈した直後、洋上に脱出した「ハーミス」乗員を攻撃するどころか、近くで行動していた英海軍病院船「ブアイタ」に対し、通信筒を投下し、英空母の沈没地点まで誘導したのである。

こうして勝ち誇った第1航空艦隊（南雲機動部隊）は、4月14日、マラッカ海峡を通過、第2段作戦準備のため、意気揚々と帰還して来た。

ところで山本長官は、ミッドウェー作戦について、ドゥーリットル空襲の13日前、1942年4月5日に、軍令部から決裁を得ていた。ミッドウェー島を占領して、西太平洋方面の防衛体制を確立し、1942年秋口には、ハワイへ上陸、講和すなわち第3段作戦遂行を急ぐ予定であった。

連合艦隊司令部は、ミッドウェー島上陸の際には、敵機動部隊がこれを阻止するため出現するであろうから、同時にこれを殲滅するつもりでいた。

一方、軍令部は4月初め、連合艦隊が起案したミッドウェー作戦に、猛反対していた。軍令部は、連合艦隊の意志に反し、オーストラリア方面への進出を計画していたのである。

山本はこのためミッドウェー攻略作戦を認めさせようと、戦務参謀渡辺安次中佐を軍令部説得のため上京させた。

渡辺は、「長官は、ミッドウェー作戦が認められないならば、長官の職を辞めると言っておられる」と、爆弾発言を行い、軍令部を慌てさせた。永野軍令部総長（海兵

28期）が山本長官と肌が合わないとしても、山本長官の統率力は海軍部内で群を抜いており、辞めさせるわけにはいかなかったのだ。

そこで、軍令部は同作戦を認める代わりとして、アリューシャン作戦を併行して行うことを条件とした。

戦後、この作戦に対する分析はあまりなされていないが、軍令部は、米国が北方のソ連基地を借用して日本奇襲を図るというシナリオを警戒していた。

両作戦は、艦船350隻、航空機1000機、将兵10万（陸軍部隊を含む）という、日本海軍史上空前の規模となった。

結局は、機動部隊司令部の油断と、兵力をミッドウェーと、アリューシャンに分散したこと、さらに暗号がすべて解読されていたことが原因で、ミッドウェー作戦は失敗する。

5月20日、「雷」は北方部隊に編入され、第5艦隊の指揮下に入った。旗艦は軽巡「多摩」である。

第6駆逐隊は22日、徳山で補給を終えた第4戦隊重巡「那智」「摩耶」の直衛を担当して北上、25日に青森県大湊に入港した。

5月31日に、アッツ・キスカ攻略作戦は発動された。

北方海域は、夏とはいえ肌寒い。また濃霧が絶えず立ちこめ、同海域は浅瀬も多く、潮流も速い、艦はある程度速力を維持しないと舵が効かなくなる。かといって視界が悪いため、衝突、座礁の危険が大きかった。

工藤の疲労は南方海域と異なって格段に大きかった。41歳とはいえ、この作戦で身体をそうとう衰弱させている。作戦終了後の8月初旬、「雷」がパラムシルから横須賀へ帰投する際、洋上で撮影された写真では、工藤は60代に見えるほどである。

話を戻そう。アリューシャン作戦は順調に推移した。結果、6月7日、帝国陸海軍はキスカ、アッツ両島を占領する。

一方、日本の運命を変えたミッドウェー海戦は、この2日前6月5日開始されていたが、敵空母艦載機の攻撃を受け、「赤城」以下「加賀」「蒼龍」「飛龍」の主力空母4隻をあっという間に失い、一騎当千のパイロット100余名を失った。

谷川元少佐は、当時をこう回顧する。

「出港直前、呉に入港し、街を歩いていると、道行く見知らぬ人から、『海軍さん、今度はミッドウェーだそうですね。また大戦果をあげて下さい』と激励された。次の作戦が一般市民の話題になっているのに驚いたが、恐らく、米国のスパイの耳に当然入り、本国に打電しているのであろうと心配になった。案の定、米機動部隊は、我が潜水艦が哨戒線につく前に、進出していて見事に裏をかかれた」

加えて、第1航空艦隊は、規定の第2次偵察も行わず、日本艦隊偵察のため早くから飛来していた米カタリナ飛行艇を撃墜すらしなかったのである。

谷川元少佐は、駆逐艦「嵐」の魚雷をもって「赤城」を処分した時、「この戦争は負ける」と確信したという。

ミッドウェーの敗北は、部内で極秘にされていたが、工藤は艦内で傍受した無線によってただならぬ事態が発生したことを察知した。「先輩南雲中将は御無事か、よもや責任をとって自決されるのでは」などとさまざまな思いが脳裏をかすめ、同時に空母「加賀」通信長高橋英一、「赤城」航海長三浦義四郎のことが気になった（高橋は戦死）。

ここでキスカ島に行動する「雷」に目を転じよう。「雷」と工藤は実に武運が強かった。

6月12日、「響」がキスカ湾口で対潜警戒航行中、空爆を受け、爆弾1発が艦首に命中して大破した。このため「響」は単艦でシュムシュ島経由大湊に帰投した。

一方、7月6日、前日よりキスカ湾に錨泊していた艦隊は、今度は米潜水艦の雷撃を受ける。駆逐隊は甚大な被害を受けるが、「雷」には1本も命中しなかった。当初、雷撃で、湾港近くに碇泊していた第18駆逐隊「子ノ日」「霰」は沈没、「霞」（いずれも1961トン）は艦橋から前部が破断した。

第2小隊は、交互に護衛をしながら、「霞」を曳航することとなる。パラムシルまで約4000キロを「雷」が曳航し、さらに大湊まで約1200キロを「電」が曳航した。「霞」は前部が破損しているため、後進で曳航せざるを得ず、従って速力は10ノットが限界であった。雷撃を受ける危険性は極めて高い。しかも「雷」は回航中、追尾する敵潜水艦の交信電波を頻繁に傍受していたのである。

さて、ミッドウェー海戦から2カ月後、米軍は反攻を開始する。

視点をソロモン方面に転じよう。

8月7日、米海兵隊1個師団（約1万人）がガダルカナル島へ上陸、完成間近の日本海軍飛行場を奪取した。米軍は、さらに翌8日には、同島に隣接するツラギにも上陸する。

大本営は、ミッドウェー上陸作戦中止でグアム島に待機する陸軍一木支隊（指揮官一木清直大佐、総勢約900人）をガダルカナル島に逆上陸させることを決定する。

18日、第4駆逐隊「嵐」以下6隻の駆逐艦に分乗した一木支隊は、夜間にガダルカナル島に上陸するが、間もなく米軍の攻撃を受けて壊滅した。ガダルカナル島の米軍は、島内の飛行場に戦闘機250機、爆撃機250機、その他多用途機50機を展開していた。

いよいよ大消耗戦が開始された。

ガダルカナル島攻撃のため我が航空隊は当初ラバウルから発進したが、往復で約2100キロあり、連日の出撃でパイロットの体力は激しく消耗していた。その後ガダルカナルから北西600キロの位置にあるブインに第26航戦が進出した。

空戦能力は日本側が勝っていたが、米空軍は何度撃墜しても100機単位で来襲した。26航戦は4個航空隊で編成されていたが、補給が途絶したため1カ月毎に1個飛行隊が消滅していった。

8月8日、三川軍一中将（海兵38期）指揮する第8艦隊は、ツラギ沖に集結する米豪連合艦隊と交戦する。第1次ソロモン海戦である。

この時は日本海軍の圧勝に終わるが、折角、護衛の米艦隊を撃滅したにもかかわらず、丸裸になった米輸送船団に一指も触れず帰還した。

日本海海戦で圧勝した日本海軍は艦隊決戦思想に固執していた。

一方、8月13日、第6駆逐隊司令に興譲館先輩の山田勇助大佐（後少将）が発令された。

山田は着任から3カ月後の11月12日、第3次ソロモン海戦で、駆逐艦「暁」（艦長高須賀修中佐、海兵51期）とともに沈み戦死するが、着任当初は、工藤が「響」艦長に就任することを念じていた。「響」は、当時、司令駆逐艦であったからである。

8月31日、工藤は山田の望み通り「響」艦長に就任、「雷」艦長の後任には、鹿児島出身前田実穂少佐（海兵56期）が着任した。前田少佐の性格は、工藤と対照的で、乗員の反発を招き、「雷」艦内の士気は、ことごとく低下していった。

「響」はこの頃、横須賀のドックに入渠修理中で、10月10日に出渠する。ところが、「響」はその後、第6駆逐隊を離れて単艦での行動が続き、残念ながら、駆逐隊として最後の決戦になった第3次ソロモン海戦には参加できなかった。

運命か、「雷」はこの1年8カ月後に沈み、「響」は第6駆逐隊で1隻のみ戦後まで残った。

「雷」瀕死

1942年11月1日、工藤は中佐に昇任した。兵学校同期のエリート組は3年前に既に中佐に進級していた。

一方、「響」は試運転を終え、この日戦列に復帰する。

明朗で親父肌の工藤は、「響」でも乗員に慕われ、艦内は和気藹々《あいあい》とした雰囲気を醸していた。

「響」の任務は、トラック島へ航空機を輸送する空母「大鷹《たいよう》」（1万7830トン）を護衛することであった。

12月6日までに「大鷹」は3往復し、無事任務を達成した。

ところが、工藤の衰弱は倍加していた。工藤が「雷」艦長時代に仕えた佐々木は、「24時間の殆どを艦橋にいる艦長の体力は、常人の及ぶところではなかったと思った」と言う。

同期が人事局に進言したこともあって、工藤は12月10日に、横須賀鎮守府に転出となった。

これで、工藤の海軍生活における艦船勤務は終わった。

同期の大井は、当時の工藤をこう回顧している。

「おおらかで温和な性格のクセに、工藤はことさら機敏果敢な戦術行動が本領の水雷屋の道を選んだ。そのせいか随分とムリもあったらしく、海軍生活の後半は病身がちのようだった」

一方、「雷」はその後どうなるのであろうか。艦長交代直後に、外南洋部隊に編入された。任務は、「響」と同じく、空母の護衛を担当し、トラック・呉間を往復した。

「雷」はその後、10月3日から14日にかけて、ガダルカナル島への陸軍第17軍増援作戦に従事するため、ラバウルから3回、同島へ往復した。

この頃、ガダルカナルの攻防戦は熾烈を極めていった。

当時、ガダルカナル島に展開する日本軍兵力1万1316名、ルッセル島に390名を数えていたのである（1943年2月7日、撤退時の兵力による）。

大本営は10月25日、陸軍第2師団を中心としてガダルカナル島ヘンダーソン飛行場を奪還すべく総攻撃を企画する。作戦は以下の通りである。

陸軍部隊は、飛行場南部のジャングルを迂回して飛行場に突撃する。

ラバウルの第11航空隊は、これと前後して、同島に攻撃をかけ、米軍基地航空隊の攻撃を排除する。

併せて、第2艦隊（司令長官近藤信竹中将）と第3艦隊（南雲忠一中将指揮）空母「翔鶴」「瑞鶴」「瑞鳳」（1万1200トン）、「隼鷹《じゅんよう》」（2万4140トン）の4隻を基幹とする機動部隊は、ソロモン海東方海面に展開する米機動部隊2群（第16および

17任務部隊、空母「ホーネット」、「エンタープライズ」）に対し、決戦を挑むというものであった。

この時、第6駆逐隊3隻（「響」欠）は、突撃隊として、陸軍部隊の攻撃に呼応して、ガダルカナル島北方からのルンガ岬沖に突入し、飛行場を砲撃する作戦に参加することとなった。

10月25日午前8時30分頃、第6駆逐隊は30ノットの速度でルンガ岬泊地に殴り込みをかけたところ、米軍はあっ気にとられて反撃する暇さえなかった。

第6駆逐隊は泊地に停泊する特設巡洋艦1隻と輸送船3隻を撃沈し、また15分にわたって飛行場を砲撃した。

米軍はこの事態に、日本軍が本格的な奪還作戦を開始したものと思い、予想通り、機動部隊をガダルカナル島周辺に展開した。

10月26日、サンタクルーズ諸島北方海面で日米空母同士の決戦が行われた。南太平洋海戦である。

日本側は、米空母「ホーネット」を撃沈し、74機を撃墜した。日本側空母は無傷であった。

ところが、日本側は、結局、ガダルカナル島の奪還に失敗し、しかも艦載機100

機を失い、空母「翔鶴」飛行隊指揮官関衛少佐（興譲館出身、海兵58期、戦死後中佐）、村田重治少佐（海兵58期、戦死後2階級特進大佐）らのエースパイロットを失った。

これで日米の戦力比は逆転した。しかし、米海軍も危機を迎えていた。太平洋上で行動できる主力空母は、「エンタープライズ」1隻のみとなっていたからである。これから4カ月以降、米国は生産力にものをいわせて空母を次々と就航させる。

一方、「雷」艦内では士気が低下していた。先任将校浅野大尉が、前田艦長に、下士官兵の入浴許可を求めると、「兵は水を余計に使うから、士官だけにしろ」と、発言したり、見張りの報告が敵目標でないことがわかると、「馬鹿者！ 何を見ているのだ」と怒鳴りつける。このため、艦長への反発は、下士官兵のみならず、士官さえいだき始めていたのである。この結果、「雷」は間もなく生起する海戦で瀕死の損傷を受けることになる。

11月2日、11月5日と、「雷」は軽巡1隻、駆逐艦14隻と共に島の二手に分かれて陸軍兵力340名、糧食、弾薬、燃料ドラム缶等を輸送した。

11月7日、大本営はガダルカナル島に第38師団1万1000人、海軍陸戦隊300

0人、戦車、重火器を輸送船11隻で揚陸する作戦を立て、海軍に対し、こう指示してきた。

① 11月13日をZ日（作戦決行日）午後10時とする。

② Zマイナス1日夜間に11戦隊による制圧射撃を行う。

③ 前進部隊は、Zマイナス1日前にガダルカナル島北方に進出。

④ Zマイナス3日以降、航空撃滅戦を行う。

「雷」は、第6駆逐隊3隻と共に、突撃隊として第11戦隊戦艦「比叡」「霧島」（いずれも2万6320トン）に加えられ、ラバウルを出港する（指揮官阿部弘毅少将）。攻撃隊形は3縦列隊形で、中心に軽巡「長良」、その後ろに「比叡」「霧島」が続く。その右側を「暁」を先頭に第6駆逐隊3隻、主隊左側に第16駆逐隊3隻（「時津風」欠）が隊列をなし、フロリダ島東北東を30ノットの高速で南下した。

11月13日午前1時30分、ダニエル・キャラガン少将指揮する米艦隊は、軽巡3隻、駆逐艦10隻をもって単縦陣でガダルカナル島北端から、これも30ノットの高速で北上してきた。

いよいよ第3次ソロモン海戦が生起する。

キャラガン提督は、日本艦隊の面前で右へ回頭し、日露戦争時東郷司令長官がとったT字戦法をこころみようとしたが、先頭駆逐艦「カッシング」「ラフェー」が、日本艦隊を恐れて反転したため、米艦隊は隊列が乱れ、そこに日本艦隊が高速で突進して来た。この結果、近来まれに見る白兵戦となったのだ。

「暁」の後方を進む「雷」は、この直前、見張りが「左30度方向、敵巡洋艦数隻発見」と、艦長に報告したが、艦長は「味方第4水雷戦隊だろう」と独り言を言いながら聞き流した。この直後、見張りの指示した方向の暗闇から発砲を受け、艦長は振動で艦橋の壁に叩きつけられた。

敵艦隊は、レーダー射撃をもって、戦艦「比叡」に集中砲撃を浴びせ、艦橋は忽ち炎上する。しかも最も敵艦隊に近い位置にいた第6駆逐隊司令駆逐艦「暁」にも砲撃を加え、これを轟沈させた。

「雷」の頭上を砲弾が飛び交い、舷側を敵味方の魚雷が交差するといった異常な事態となった。

艦長は狼狽して射撃目標の指示すらできない。「雷」各砲塔は、各個に目標を見つけて必死に発砲を繰り返すのみであった。

味方艦同士も近接しすぎて、戦闘より衝突回避に視点が奪われるほどの混乱であった。

間もなく「雷」に敵砲弾が集中する。敵弾が艦首1番砲及び艦尾2番砲塔に次々命中する。この直後に火災が発生、全砲塔が使用不能に陥った。

艦長は動転して操艦できなくなった。このままでは「雷」は、防空軽巡「アトランタ」（6000トン）と衝突する危険さえ出てきた。

ここで先任将校浅野少佐（11月1日付で昇進）は、独断で射点60度、2500メートルから魚雷6本を発射した。これは「アトランタ」に見事命中し、轟沈、次席指揮官スコット少将は戦死した。

浅野元少佐は、当時をこう回顧している。

「敵の電探の精度が飛躍的に向上し、夜戦でも一五キロ先より的確に測定を行い、十キロくらいで集中射撃をやるほどになった。『雷』は、敵前三〇〇〇メートルまで肉迫したが、その間に、主砲六門全部、魚雷発射管三連一基が完全に吹き飛ばされてしまった。

さらには二五〇〇メートルで魚雷六本を発射したが、その時には武器と言えば一三ミリ機銃だけで、通信機もまるで用をなさなかった。やがて大火災が発生し、両舷機は停止した。

その後、各部を死にものぐるいで応急修理し、防火につとめた」（1960年3月1日、潮書房発行「丸」浅野市郎筆）

火災発生時、艦長は、火災が弾庫に伝播し、誘爆するとして、「総員離艦用意、総短艇降ろせ！」を命令する。ところが先任将校が反発、「短艇降ろし方待て！」を令し、艦長に、「まず消火作業を行うべきです！」と強く意見した。

士官室は、戦時治療室にあてられており、消火放水で、廊下の水位が約20㌢にも達し、搬送されてきた死傷者の出血が、この廊下の水に浸透し、まさに血の海となっていたのである。しかし、乗員の必死の消火作業で火災は鎮火し、機関の応急修理も完了、「雷」は航行可能となった。

戦時治療室では重傷者の救命が行われていたが、そこに虫の息で、国歌「君が代」を歌う者がいた。ジャワ沖の敵兵救助の時、活躍した1番砲塔員斎藤光1等水兵であった。

全身火傷、最早為す術もなく死を待つだけであったが、健気にも、最後の力を振り絞って、「君が代」を何度も口にしているのだった。斎藤が「水を飲みたい」と言うので、兵曹がサイダーを飲ませると、安堵したように微笑んで息を引き取った。斎藤に合唱するかのように「君が代」を歌っていた他の重傷者も次々息を引き取った。

「雷」は先任伍長飯泉甚三郎上等兵曹、先任下士官酒井米也上等兵曹（いずれも戦死後兵曹長昇任）以下戦死者18名、重傷者57名を数えていた。

この戦闘の模様を、石橋一郎1等水兵（砲術科）は次の歌に詠んでいる（国民文化研究会編「いのちささげて」）。

ソロモンの海に敵艦《あたぶね》くだくべくここに集へる第六駆逐隊
砲員みな電動機発動に打揃ひ白鉢巻をしめなほしたり
旗艦より吊光弾ははなたれぬ初弾の装填まつたかるとき
『よし俺が』と一言さけびし砲員長は旋回舵輪を握りしめにき
照準孔が小さくかぎれる夜の海を吊光弾のひらめきやまず
突撃の火箭あがるや集中弾に三千丈の水柱たつ
いましもぞ集中弾水しぶきもろにかぶりてひた突き進む
天蓋にさだかれに残れる旋回手の腹を射抜きし弾痕かこれ
『畜生ッ』と一言なれども旋回手のいまわのきわの言葉するどし
ここにして旋回手はつひに戦死せり舵輪を固く握りしままに
明王のこの御神符の守護なるか天蓋はたと敵弾をとめき
われの師がたまひしこれの御神符は箱根権現身がはりの札
ただ一言『世話になった』と言ひのこし眠りたりしかあはれ砲員長

浅野少佐は、戦死者の遺体をせめてラバウルまで運び、荼毘《だび》に付して遺骨を故国に帰らせようと努力したが、南方の高温多湿で、腐敗が激しく進行した。やむなく11月15日に、ラバウルに向け北上中に、水葬にふしたのである。

ラバウルでは、当時、「雷」はすでに沈没したと断定されていた。このため単艦で左に10度以上傾き、満身創痍でトボトボ帰ってきた「雷」を見た将兵は、幽霊と思ったという。

結局、ガダルカナル島奪回作戦は失敗し、戦艦「比叡」「霧島」は沈み、航空部隊も甚大な被害を出し、輸送船団は壊滅した。

11月16日、前田艦長の横暴に抵抗し、部下をかばい続けた浅野少佐も、ラバウルで、軽巡「川内」（5195トン）水雷長に転出した。浅野少佐が去った「雷」は、救いがたいほどに艦長と乗員が対立するようになる。結果、「雷」は衝突や座礁事故を起こす。

11月27日、「雷」はラバウルで応急処置を受けた後、横須賀に帰港した。12月29日には入渠、1943年1月9日には出渠、28日には修理は一応完了した。乗員もここで大幅に入れ代わり、4分の1が応召兵、再召集となり平均年齢が約10歳あがり37歳となった。

1月20日には第1水雷戦隊に復帰し、第5艦隊指揮下に入った。隊司令は、高橋亀四郎中佐（海兵49期、後戦死）が着任する。

2月3日には戦列に復帰すべく横須賀から重巡「那智」を護衛して北上するが、高速運転中に機関に異常を来し、横須賀に単艦で帰投し、再び修理を行った。

ようやく2月20日に出港し、単艦で北方に向かった。

戦況は悪化の一途を辿る。

2月2日、ソ連に侵攻していたドイツ軍が降伏する。日本にとって戦いはこれからである。

1943年2月23日、病み上がりの「雷」は大湊に入港、補給を終えて戦列に復帰、アッツ島、キスカ島への補給線の確保と、米軍侵攻に備えて陸軍部隊の輸送に従事した。

同年11月1日、艦長は生永邦夫少佐（海兵60期）に交代。同時に乗員も次々と戦火に倒れ、再応召兵が乗員の半数以上を占めるようになった。平均年齢は開戦当時より13～14歳あがった。

「雷」はもはや練度を向上させるための訓練の暇がなく、乗員の高齢化とともに、個艦の戦闘力は著しく低下していた。

さて、工藤はどうなったのであろうか？

１９４２年12月24日より海軍施設本部部員、横須賀鎮守府総務部第一課勤務を命じられる。

１９４３年５月31日には、海軍予備学生採用試験臨時委員を命じられた。

「雷」、神に召さる

１９４３年になると、戦局は深刻の度を増していった。

１９４３年４月７日、山本長官は「い」号作戦を発令する。空母艦載機１６０機を陸上に移し、基地航空隊１９０機合計３５０機をもってソロモン方面の敵航空部隊を一挙に撃滅する作戦である。作戦期間は４月７日より14日までの１週間であった。

４月18日、山本長官は前線督戦のためラバウルからバラレ基地に向かった際、ブーゲンビル島上空において、ロッキードＰ38、16機に襲撃され機上で戦死した。

長官の行動予定は、米軍に暗号解読されており、ガダルカナル島ヘンダーソン飛行場を発進した米軍機は、日本海軍護衛戦闘機隊の意表をついて、低空より待ち伏せ攻撃を敢行したのである。

「い」号作戦も期待したほどの戦果には達せず、43機を失い、艦載機約半数が被弾損傷した。

北方にも脅威が迫る。5月29日にはアッツ島守備隊が玉砕した。

１９４３年後半になると、戦況はさらに悪化する。日本海軍がソロモン諸島防衛に気を取られている隙に、米軍は中部太平洋から日本の国防圏に侵入して来た。11月25日には、南太平洋マキン、タラワ両島の守備隊が玉砕する。

今や米軍の侵攻コースは、マッカーサー・ラインと、ニミッツ・ラインの二つとなった。前者はソロモン諸島からニューギニア、フィリピンを通るもので、後者はマリアナ諸島を北上して東京に迫るものである。

さて、「雷」はどうなったのであろうか。

生永邦雄艦長以下乗員２４４人は、11月24日中部太平洋マキン・タラワ両島玉砕の直前、連合艦隊司令部より、「第６駆逐隊は、マキン島に急行し、島に乗り上げて陸上砲台となれ」と命令を受ける。要するに水上特攻である。ところがこれは直前に撤回された。

「雷」はその後、陸軍部隊を内地より中部太平洋マキン島の北西２５０キロにあるミレ島に急速輸送する任務を遂行する。12月２日にはミレ島の北西２５０キロにあるクエゼリン島に補給物資を揚陸し、碇泊していたが、米機動部隊接近の報で緊急出港し、また難を逃れた。

翌１９４４年１月６日から13日の間は、横須賀のドックに入渠し、艦体整備を完了、トラック、ダバオ、バリクパパン、パラオ、サイパン間の船団護衛を担当した。

１９４４年２月17日、日本の真珠湾と言われたトラック島を米機動部隊が襲い、三百数十機が一瞬のうちに炎上し、艦艇43隻も撃沈された。ちなみに米機動部隊の兵力は、空母９隻、戦艦６隻、巡洋艦10隻、駆逐艦40隻、潜水艦９隻、艦載機５６８機という勢力であった。

安延多計夫元大佐（海兵51期）は、当時の無念さをこう回顧している。

「トラック島の飛行場には、飛行作業の邪魔になる程沢山の飛行機が並べてあった。何故に早くこの飛行機を最前線のラボウル・ブイン方面に送ってくれなかったのかと、後方部隊のスローモーションに腹立ちさえ感じた」

17日午前４時30分、レーダーが敵の大編隊を探知、午前５時から夕刻まで、トラックは６回、のべ約７００機の空襲を受けた。所狭しと置いてあった南方向けの飛行機は次々火災を起こし、飛行場には幾条も黒煙があがった。

一方、軍令部は、１９４３年8月頃から、決戦兵力として約１５００機を訓練し、「第1航空艦隊」を新設していた。これは、従来の航空戦力の小出しによる損耗を回避するため、連合艦隊司令長官の指揮下にも入れず、軍令部総長直轄としていた。

軍令部は、2月上旬、米機動部隊の北上を阻止すべく、トラックの北西約６００キロにあるサイパン島に、この第一航空艦隊主力６５０機を進出させた。

一方、2月23日、米機動部隊はサイパン近海に進出する。当初偵察が主任務であったが、地上に駐機する第1航空艦隊所属機が無防備であることに気付き、一挙に攻撃、これを壊滅させた。

日本海軍の慢心としか言いようがない。１９２３年以降、日米戦争が勃発すれば、来攻する米艦隊を、マリアナ方面で迎撃、決戦を行うというのが、日本海軍の基本戦術であったのである。この観点からいえば、航空機を航空攻撃から防護する掩待壕を建設しておくべきだった。

ところで連合艦隊は、約1年を費やして空母機動部隊の再建に努め、9隻の航空母艦と、艦載機３７０機を育成していた。

6月15日、「あ号」作戦が発令された。この目的は、マリアナ諸島からパラオに至る防衛線の死守であった。19日、我が機動部隊は米機動部隊と決戦すべく、マリアナ西方海域に進出した。

ところが、艦載機多数を敵の迎撃戦闘機や対空砲火で消耗し、主力空母「大鳳」、「翔鶴」は敵潜水艦の雷撃によって沈没、空母「飛鷹」は航空攻撃によって沈没した。これで帝国海軍最後の空母機動部隊はあっけなく壊滅した。

米機動部隊は、この日本海軍最終の基地航空隊（第1航空艦隊）と、空母機動部隊という二つの脅威を、各個に撃破することによって勝機を不動のものにしたのである。

ところで中野兵曹はその後どうなっていたのであろうか。残念ながら、中野兵曹は、1944年2月19日、ラバウルの野戦病院で戦病死する。享年29歳、独身、帝国海軍は中野上等兵曹の功績を称えて兵曹長（准士官）に昇任させた。中野は今わの際、西田少年に「日本の再建に尽せ！」と語ったことであろう。

さて、第6駆逐隊は消滅も間近となる。

1944年2月21日、第6駆逐隊「雷」「電」「響」は呉に集合し、隊司令は高橋司令に代わって戸村清大佐（海兵49期）が着任した。「雷」轟沈の2カ月前である。

1944年3月19日、「雷」は呉を単艦で出港する。これが最後の出撃となった。当時の状況を、田中千代子（掌水雷長斎藤勇中尉夫人）は手記にこう述べている。

「一尺八寸も吹雪だった。修身（長男、当時4歳）が『短剣をしっぱって行っちゃいやいや』と泣いた」

その後、「雷」はサイパン島に派遣され、そこを根拠地にとして、グアム、パラオ、バリクパパン方面への船団護衛に従事し、1944年4月12日、サイパン島よりメレヨン島に向け出港した「山陽丸」船団の護衛を命じられた。護衛艦艇は「雷」、「秋風」（1215トン）その他数隻である。

なお同島は、4月1日に初空襲を受け、以降、連日敵機による爆撃が続き、「敵上陸間近」と予想されていた。

翌13日午後1時、上空直援機から「北緯10度30分、東経143度51分に浮上潜水艦発見」の報が入った。「雷」は、直ちに戦闘行動に入り、同海面に単艦で急行し、敵潜水艦と長時間にわたって死闘を繰り返した。午後5時5分頃、ついに通信が途絶する。

米海軍の公刊戦史によれば、米潜水艦「ハーダー」(艦長サミュエル・リ・ディーリー中佐、1525トン)が、午後5時5分頃、「距離900ヤードから、魚雷4本を発射、日本駆逐艦1隻撃沈」と、ある。

艦隊司令部は翌14日、15日と航空機を飛ばして捜索したが、乗員1人も発見できず、15日ついに北緯10度30分、東経144度00分に、最大幅100メートル、長さ3・7キロ(2海里)の油紋を発見したが、艦影はおろか遺体もまったく発見できなかった。

残念ながら「雷」に生存者なく、当時乗艦者全員251人(「雷」乗員244名。便乗者7名)が散華された。日本海軍の艦艇で、「全員戦死」と、認定された7隻のうちの1隻となった。

1932年8月15日の竣工以来11年8カ月間、太平洋を縦横に駆けたこの艦の最期は壮絶であった。

なお、この米潜水艦「ハーダー」は1944年8月24日、ルソン島沖で帝国海軍海防艦第22号によって撃沈された。

工藤は「雷」沈没の情報をすぐには知らなかったが、当日夜、「雷」に残った部下の夢を見ている。兵たちが、「艦長」「艦長」と駆け寄り、工藤を中心に輪を作るように集まって来て静かに消えていった。工藤ははっと飛び起きるが、その時、「雷」に異変が起きたことを察知したという。

11月24日、マリアナ基地から発進したB29が東京を初空襲。以降終戦までにのべ3万3041機のB29が日本本土に爆弾の雨を降らせ、29万9485人にのぼる非戦闘員の命が奪われた。

工藤にとっても、この年は最悪の年となる。2月20日には父七郎兵衛が死去し、11月29日には自身が急性気管支炎を患い、海仁会病院に入院する。病状がなかなか好転せず、翌年4月4日には肺炎を患い、4月15日に転地療養のため妻の実家である高畠の増淵家に転居した。

1945年（終戦の年である）3月15日、待命（予備役寸前）を受けている。

一方、同年5月25日、東京大森区馬込町（現在の大田区馬込）にある西田少年の家は空襲を受けて全焼するが、中野兵曹長の加護があったのであろう、家族は奇跡的に全員無傷で助かった。

終章　工藤艦長、「雷」へ帰る

１９４５年12月1日午前0時、占領軍の指示により、帝国陸海軍は解体した。

五十嵐なおは、当時をこう回顧している。

「俊作さんは終戦後、高畠の奥さんの実家におられました。隠居部屋に住んで、ひっそり暮らしておりました。仕事がないので、苗木のさし木などをして収入を得ておりました。当時、私は五十嵐家に嫁いでいたので、主人に話して、庭のもみじの大木にさし木を依頼したことがあります」

敗戦で、国民の陸海軍軍人に対する視点が１８０度変わった。かつての職業軍人に戦争責任のすべてを転嫁する風潮が全国的に起こっていたのである。戦後内地に帰還した海軍士官たちは、敗戦のショックと国民の批判を受け、彼らをして「戦死した方が良かった」とさえ言わしめるぐらいであった。

ところが、高畠や米沢には、こういう日和見的な傾向は微塵もなかった。

青木厚一元少佐は、米沢に復員して来た時、市民が、戦前と変わることのない視線で迎えてくれたことを、今も誇らしげに語っている。

屋代村村民も同様、戦前戦後の価値観の転換はなかった。村民は、工藤が駆逐艦艦長時代、碇泊中に、郷党の兵が表敬のため舷門を訪ねると、階級にこだわることなく艦長室に招き入れ、歓待してくれたことを、決して忘れなかった。とくに元海軍下士官の二階堂敬三は、戦後、何度も感激をもって村民に次の話をしていた。

水兵時代に「雷」を訪問し、舷門で「工藤艦長を表敬したい」と当直の下士官に申告したことがあった。下士官は即座に、「兵の分際で艦長表敬とは何事か」と怒鳴った。そこに折良く工藤艦長が通りがかり、「二階堂君ではないか」と、艦長室に案内し、歓待したというのだ。

戦後、工藤は高畠から自転車で屋代村の兄家族を度々訪ねているが、途中、村人たちは農作業の手を止めて、頭を垂れていた。

1948年12月10日、国連総会で人種平等宣言が採択された。また大東亜戦争に触発されたアジア諸国民は、独立戦争を起し、次々と独立を達成していった。

1955年、工藤は敗戦のショックからようやく立ち直り、埼玉県川口市朝日町に転居する。

夫人かよの姪がこの地で医院（黒岩医院）を開業することとなり、工藤は事務を、夫人は入院患者のまかない婦としての生活が始まった。

この頃になると、同期や旧部下が、工藤の所在を捜し当てて訪問するようになる。近所も、この寡黙で長身の男が、かつての駆逐艦艦長で、兵学校出であることに気づく。

少年たちは、朝夕挨拶し、工藤を畏敬するようになる。そして工藤を訪ねては英語と数学の教えを乞うて来た。子供に恵まれなかった工藤は、彼らをとにかく、可愛がった。工藤自身も呆けないように、高等数学2〜3題を、日課のように解いていたという。

工藤は、海上自衛隊（1952年4月26日創設）や、クラスが在籍する大企業からの招きも全部断った。さらには、戦後のクラス会には出席しようとしなかった。

工藤の日課は、毎朝、大東亜戦争で死んでいった部下や級友の冥福を祈って仏前で合掌することから始まった。楽しみは、毎晩夫人に注がれる晩酌と、毎月送られてくる雑誌「水交」に目を通し、残った級友の消息を知ることであった。

1977年暮れ、この工藤が、病魔に冒される。胃ガンを患い、闘病生活が始まった。

市立病院に入退院を繰り返すこと約1年、1979年1月4日、78歳の生涯を静かに閉じた。

最晩年、工藤は、「『雷』の部下たちが俺を待っている」と語るようになったという。いよいよ最期という時、クラスの大井や正木が病室を訪ねた。付き添い中の夫人が、「大井さんと、正木さんですよ」と耳元で囁いた。

工藤は「ああ大井か、正木か、貴様たちは、おおいにやっているようだが、俺は独活《うど》の大木だったなあ」と、言いつつ、静かに目を閉じた。

この7カ月後、海上自衛隊の練習艦隊が、旭日旗を翻して英国ポーツマスに入港した。

練習艦隊司令官植田一雄海将補（海兵74期、少将相当）は、英国海軍連絡士官より工藤元海軍中佐の消息調査を依頼された。依頼主は、元英国駐スウェーデン大使で在アルジェリアEEC代表のサムエル・フォール卿であった。

また私は同じ頃、英国海軍訓練支援艦L11（1万3000トン）士官室で、リチャード・ウイルキモ海軍大尉から次の激励を受けていた。

「惠少尉、我々は日本海軍を尊敬している。ドイツは戦後、海軍旗を変更したが、海上自衛隊は帝国軍艦旗を踏襲した。我々はこのことに最も敬意を表している」

そして、「米国に敗れたとはいえ、コンプレックスを決してもつな」と言われた。

今、工藤中佐夫妻は、川口市朝日にある薬林寺境内に静かに眠っておられる。墓碑も実に質素で、右側面に小さな文字で、工藤俊作、工藤かよ、と書かれているだけである。

今年（2008年）12月7日、フォール卿は念願叶って工藤中佐の墓参を果たした。泉下の工藤中佐夫妻、「雷」全乗員たちは、これを万雷の拍手と喚声をもって迎えたことであろう。

文庫版あとがき

我国をとりまく安全保障環境は極めて厳しい局面を迎えている。時代はまさに海軍の復活を求めていると言えよう。歴史は繰り返すというが、海上自衛隊と英国海軍の親交も近年活発化している。

ところで我国は安保政策のギアチェンジを実施すべき時に来ている。ところが極東軍事裁判史観が未だこの国を覆っている。戦後我々の先輩にあたる帝国陸海軍軍人は米国を中心とする連合国が実施した極東軍事裁判と、それを正当化するために捏造されたデマゴーグによって国の内外で偏見をもって見られて来た。一時は、海自士官でさえ海軍を批判する傾向にあった。

話しを戻そう、サー・サムエル・フォール元英海軍少尉は２０１４年２月20日、95

歳で逝去された。生前、帝国海軍を高く評価されていた。また少尉が遺した日英友好回復への功績は大なるものがある。少尉は二度目の来日の際、2008年12月8日、私は国会議員の先生方に支援を仰ぎ都内で「海軍中佐工藤俊作顕彰式典」を超党派で挙行した。式典には駐日英国大使サー・デイヴィッド・ウォーレン、英国海軍武官サイモン・チェルトン大佐を来賓に迎え、海自横須賀音楽隊演奏の下、外務、防衛両大臣、帝国海軍出身者、海自現役士官多数が参列した。

式典実行委員長は元海軍少佐第71代総理中曽根康弘氏で、副委員長が麻生太郎総理（当時）であった。このとき海軍と海自の断層は一挙に消滅し一体となったのである。

もう一つ懸案があった。日英間に横たわる第二次大戦における日本軍による英軍捕虜処遇問題であった。第79代総理細川護熙氏が元捕虜に安易に謝罪したため英国政府は担当大臣を任命し賠償金の算出にかかろうとしていた。

当時英国には日本企業が約1000社進出しており、彼ら企業はいつ課税されるかと戦々恐々としていたのだ。サー・フォールの尽力とこの式典を境に本件も解消し、日英の絆はより強固のものとなった。

ところで私は「雷」関係者にインタビューするため平成15年〜16年、国の内外を行動した。今思えば最後のチャンスであった。歴戦の勇者たちも年には抗せず次々とこの世を去っていかれた。私が感銘を受けたのはその子孫の皆様までもが父が（祖父が）帝国海軍に在籍していたことに誇りを持っていることであった。

今や帝国海軍関係者は殆ど存命されていない。我々の責務はこの伝統を次世代に継承させていくことにあると確信している。

最後に本プロジェクトをご支援下さった防衛省海上幕僚監部、外務省、フジテレビに深甚なる感謝を申し上げるとともに、文庫本出版に尽力下さった潮書房光人新社川岡篤氏に感謝を申し上げる次第である。

令和5年10月

惠　隆之介

主要参考文献

Sam Falle「MY LUCKY LIFE」（The Book Guild Ltd 1996）
U・S・Naval Institute「PROCEEDINGS」（January 1987）
THE TIMES「LETTERS TO THE EDITOR」（29 April 1998）
センピル卿夫人日本滞在日記（イワン・センピル氏所蔵）
E・O・ライシャワー『ライシャワーの見た日本』（林伸郎訳　徳間書店　昭和四二年）
K・カール・カワカミ『シナ大陸の真相』（福井雄三訳　展転社　平成一三年）
セルゲイ・ゴルシコフ『ソ連海軍戦略』（宮内邦子訳　原書房　昭和五三年）
福地誠夫編集『海軍兵学校出身者（生徒）名簿』（同名簿作製委員会　昭和五三年）
セシル・ブロック『英人の見た海軍兵学校』（飯野紀元訳　内外書房　昭和一八年）
沢鑑之丞『海軍七十年史談』（文政同志社　昭和一七年）
鈴木一遍『鈴木貫太郎自伝』（時事通信社　昭和四三年）
「歴史街道」（鈴木貫太郎と閣僚達）（ＰＨＰ研究所　平成一七年）
第五拾壱期会「江田島の思ひ出」（大正九年）
「五一・第八号」（海軍兵学校第五十一期クラス会　昭和一五年）
「五一・第九号」（海軍兵学校第五十一期クラス会　昭和二七年）
「あの海あの空」（海軍兵学校第五十一期クラス会　昭和三七年）、（同　昭和四七年）
「あの海あの空」（五一鈴蘭会　昭和五九年）
安延多計夫編纂「五一会員大東亜戦争中の勤務」（自費出版　昭和四七年）
「週刊読売・六月七日号」（「大井篤談」　昭和五〇年）

阿川弘之『高松宮と海軍』（中央公論新社　平成八年）
近藤智恵子『海軍中佐近藤道雄のこと』（自費出版　昭和四七年）
衣川宏『ブーゲンビリアの花』（原書房　平成四年）
阿久根星斗『厚木航空隊事件』（高木書房出版　平成七年）
国民文化研究会編「いのちささげて」戦中学徒遺詠遺文抄（昭和五三年）
谷川清澄『薮にらみ岡目八目』（自費出版　平成一五年）
「雷」乗務中野武治兵曹長書簡（昭和一二年より一七年）
橋本衛『奇蹟の海から』（光人社　昭和五九年）
ひびき会編集発行『不沈艦響の栄光』（ひびき会　昭和五三年）
岡田正明『海の戦記（抄）』（自費出版　平成一三年）
佐藤和正『艦長たちの太平洋戦争』（光人社　昭和五八年）
石塚司農夫編纂「オール駆逐艦便り」第一号〜九号（自費出版　昭和五八年〜六二年）
松浦敬紀編著『終わりなき海軍』（文化放送出版部　昭和五三年）
高木惣吉『山本五十六と米内光政』（文藝春秋　昭和二五年）
伊藤正徳『大海軍を想う』（文藝春秋）（昭和三一年）
実松譲『ああ日本海軍』上・下（光人社　昭和五二年）
実松譲『米内光政秘書官の回想』（光人社　平成元年）
月刊プレジデント（実松譲「海軍兵学校『戦士』である前に『紳士』であれ」（月刊プレジデント社　昭和六一年）
豊田穣『波まくらいくたびぞ』（講談社　昭和四八年）
佐藤信太郎編『父、佐藤市郎が書き残した軍縮会議秘録』（文芸社　平成一三年）
毎日グラフ別冊「ああ江田島」（毎日新聞社　昭和四四年）

一億人の昭和史「日本の戦史　7太平洋戦争1」（毎日新聞社　昭和五三年）
日本の戦史別巻2「別冊一億人の昭和史　日本海軍史」（毎日新聞社　昭和五四年）
日本の戦史別巻6「別冊一億人の昭和史　江田島」（毎日新聞社　昭和五六年）
「連合艦隊」下巻　激闘編（世界文化社　平成九年）
丸1月別冊「戦争と人物」全特集「連合艦隊の栄光と最期」（潮書房　平成五年）
終戦50年記念「日本陸海軍名称名参謀総覧」（新人物往来社　平成七年）
歴史と旅　臨時増刊号「連合艦隊のリーダー総覧」（秋田書店　昭和六二年）
歴史と旅9　特集「連合艦隊司令長官山本五十六の真実」（秋田書店　平成一〇年）
千早正隆編「写真図説『帝国連合艦隊』」（講談社　昭和五八年）
証言の昭和史4　太平洋戦争（前）「ニイタカヤマノボレ」（学習研究社　昭和五七年）
学研「歴史群像」編集部「特型駆逐艦」（学習研究社　平成一〇年）
学研「歴史群像」太平洋戦史シリーズ
Ｖｏｌ２「大捷マレー沖海戦」（学習研究社　平成六年）
同Ｖｏｌ３「勇進インド洋作戦」（学習研究社　平成六年）
同Ｖｏｌ５「ソロモン海戦」（学習研究社　平成六年）
同Ｖｏｌ６「死闘ガダルカナル」（学習研究社　平成七年）
同Ｖｏｌ12「零式艦上戦闘機」（学習研究社　平成八年）
「死闘！太平洋戦争　大海戦」（新人物往来社　平成一五年）
石渡幸二『名艦物語』（中央文庫　平成八年）
「丸」編集部「図解『日本の駆逐艦』」（光人社　平成一一年）
野間恒編『商船が語る太平洋戦争』（自費出版　平成一四年）

萩原裕雄『米百俵・藩政改革の訓話集』（コアラブックス　平成一三年）
松野良寅『海軍こぼれ話』（博文館新社　平成五年）
松野良寅『海軍の語り部』（潮騒会　平成八年）
松野良寅編『興譲館世紀』（山形県立米沢興譲館高等学校創立百年記念事業実行委員会　昭和一六年）
松野良寅『東北の長崎』（自費出版　昭和六三年）
本田長左衛門『屋代村史』（屋代村史刊行会　昭和三六年）
高畠町史編集委員会編『高畠町史』（高畠町　昭和六一年）
屋代小学校沿革誌・学事ノ状況（明治三一〜大正八年）
「屋代小学校七〇周年記念誌」（屋代小学校記念事業協賛会　昭和四八年）
「創立百周年記念誌『心を紡いで』」（屋代小学校創立百周年記念誌編集部　平成一五年）
山形縣立米澤中學校概覧
米澤中學校興譲會誌（大正四年一二月発行）
月刊誌「水交」（財団法人「水交会」発行）
昭和四一年二月号中「『センピル卿』の死を悼む」、同四月号中「『ロードセンピル』の死を悼む」
昭和五一年一月号中「スラバヤ沖海戦・バダビヤ沖海戦における撃沈艦隊の乗員救助について」
昭和五二年八月号中「駆逐艦『潮』の逸話」
昭和五四年五月号中「スラバヤ沖海戦の陰に」「『病院船オプテンノート号の軍医だった私』を読んで」
昭和六二年八月、九月号連載「騎士道」
平成三年十二月号中「海戦前夜」、「海戦と石油」
平成五年九月号中「七一会グアム・サイパン慰霊旅行」
平成一六年一・二月合併号中「真継不二夫と海軍」

平成一六年九・一〇月合併号中「海上自衛隊から日本海軍を目指して」
〈未公刊資料〉
▽帝国海軍関連資料
工藤俊作奉職履歴
「大正十二、十三年練習艦隊巡航記念」（練習艦隊司令部　大正十三年）
「大正十四年　摂政殿下江田島樺太行啓記念」（軍艦長門　大正十四年）
海軍義済会名簿
▽防衛研究所図書館所蔵資料
海軍兵学校校長訓示記録
第二水雷戦隊戦闘詳報第六号
蘭印部隊第一護衛隊戦闘詳報第三号其の二別冊第三「スラバヤ」沖海戦戦闘詳報
蘭印部隊第三護衛隊戦闘詳報別冊「バタビヤ」沖海戦戦争詳報

資料提供者および支援者

＊英国では爵位、軍階級を表記する事が慣習となっている。結果この国際慣例に従った。
＊この中で、鬼籍に入られた方もおられる、ご冥福をお祈りする次第である

Rear Admiral Sir Peter Anson Bt. CB DLCEng. FIEE
Lieutenant Colonel The Honourable Ian Chant-Sempill The Highlanders
Dame Elizabeth Anson D. B. E. D. L
Sir Sam Falle. Graeme Allen. Desmond Harris
Peter Smith. Keiko Holmes

扇一登　久間章生　工藤七郎兵衛　藤井孝男　古澤邦子　浅野信正　鈴木民子　谷川清澄　青木厚一　田上俊三　岡崎久彦
板垣裕　実松勉　齋藤修身　吉田朝秋　近藤鉄雄　山本祐義　越野秀人　近厚　妹尾作太男　森田禎介　安達忠陽　今井誠
二　松野良寅　桝谷健夫　佐々木確治　松井容子　勝又正　岡田正明　服部六郎　原田規矩夫　原田雅子　梅津純孝　古賀
野親男　宜保勝　森貫太郎　森充　中山達二郎　佐藤清夫　植田一雄　川畑幸雄　川畑キヨ子　稲村公望　儀武剛　外間政
憲　大森義夫　上原昭　仲宗根正和　井上賢治　伊田典充　武田信行　川村龍之助　石丸修二　山川秀男　錦古里正一　小
野満知子　宮国政作　仲村渠致誠　岡崎匠　千田彰　杉本文治　中田明　玉井英良　砂川尚俊　佐藤行正　大木克彦　清水
平　庵秀夫　三溝豊亭　長嶺英光　横山公平　田名弘明　長山勉　宮崎資紹　五十嵐なお　高橋嘉膳　本田厚史　吉武進
中尾典正　高良純治　菊地玲　藤原信悦　長野俊郎　西田政嘉　清水晃　浜崎博

▽団体の部

外務省　防衛省　海上自衛隊　在英日本国大使館　水交会　潮騒会（旧米沢海軍武官会）　青葉会　山形銀行　山形県立米沢興譲館高等学校　山形県高畠町立屋代小学校　日本航空海軍有志会　光人社

単行本　平成二十年十二月　産経新聞出版刊

NF文庫

海の武士道
敵兵を救った駆逐艦「雷」艦長
二〇二三年十一月二十日　第一刷発行
著　者　惠隆之介
発行者　赤堀正卓
発行所　株式会社　潮書房光人新社
〒100-8077　東京都千代田区大手町一-七-二
電話／〇三-六二八一-九八九一㈹
印刷・製本　中央精版印刷株式会社
定価はカバーに表示してあります
乱丁・落丁のものはお取りかえ
致します。本文は中性紙を使用

ISBN978-4-7698-3334-5　C0195
http://www.kojinsha.co.jp

NF文庫

刊行のことば

第二次世界大戦の戦火が熄《や》んで五〇年——その間、小社は夥しい数の戦争の記録を渉猟し、発掘し、常に公正なる立場を貫いて書誌とし、大方の絶讃を博して今日に及ぶが、その源は、散華された世代への熱き思い入れであり、同時に、その記録を誌して平和の礎とし、後世に伝えんとするにある。

小社の出版物は、戦記、伝記、文学、エッセイ、写真集、その他、すでに一、〇〇〇点を越え、加えて戦後五〇年になんなんとするを契機として、「光人社NF（ノンフィクション）文庫」を創刊して、読者諸賢の熱烈要望におこたえする次第である。人生のバイブルとして、心弱きときの活性の糧《かて》として、散華の世代からの感動の肉声に、あなたもぜひ、耳を傾けて下さい。